KB002906

탐험가들

탐험가들

초판 1쇄 인쇄일 2020년 11월 4일
초판 1쇄 발행일 2020년 11월 11일

지은이 손진동
발행처 (재)당진문화재단
주 소 충남 당진시 무수동2길 25-21
전 화 041)350-2932
팩 스 041)354-6605
홈페이지 www.dangjinart.kr

펴낸이 양옥매
디자인 임흥순 임진형
교 정 조준경

펴낸곳 도서출판 책과나무
출판등록 제2012-000376
주소 서울특별시 마포구 방울내로 79 이노빌딩 302호
대표전화 02.372.1537 **팩스** 02.372.1538
이메일 booknamu2007@naver.com
홈페이지 www.booknamu.com
ISBN 979-11-5776-950-6(03800)

이 도서의 국립중앙도서관 출판시도서목록(CIP)은 서지정보유통지원 시스템
홈페이지(http://seoji.nl.go.kr)와 국가자료공동목록시스템
(http://www.nl.go.kr/kolisnet)에서 이용하실 수 있습니다.
(CIP제어번호 : CIP2020044912)

탐험가들

/ 손진동 장편소설 /

 당진문화재단

차례

1

독사풀 같은

두 청년이 교로리 끝 종점이자 대호방조제의 첫머리인 이곳 정류장에 도착해 내렸을 때, 서해 바다 풍경은 늦가을의 저녁노을이 바다 쪽으로부터 붉다랗게 막 붓질을 한 것처럼 번져 가고 있었다.

물 빠진 갯벌 위에 도드라지게 드러난 빨갛게 물든 저 멀리 나문재의 진풍경이 곁들어 왔다. 대자연이 펼치는 오묘한 교향곡이라고 부른다면 딱 어울리려나.

맨 뒷꽁지로 내린 그들의 눈에 보이는 저 바닷가는 어느 구석 할 것 없이 그전에 한번 보았던 터라서 그리 낯설게 보이지 않았다.

뻘밭에 단풍 든 나문쟁이들이 뒤덮다시피 한 갯자락. 하늘과 맞닿은 황해 바다 수평선은 그야말로 단풍 바다 모양 시시각각 황혼의 농익은 자태를 꼬리로 마음껏 희롱질쳐 대며 마치 처녀의 젖꼭지를 처음 건드릴 때 그 혓바닥에 와 감돌던, 말로만 들어왔던 그 순결한 마른침! 바로 그거였다.

여기 늦가을의 묘미는 저 자연의 풍광에 담겨 있는 듯하고, 어느 누가 보더라도 다들 고개를 주억거리면서 수긍할 터다.

"씨펄, 사람 죽이게 만드는구나."

사내 오(吳)는 비시기 누워 버린 소 등어리 같은 둔덕배기 위에 듬성듬성 서 있던 소나무들 위로 걸린 노을빛에 가히 감동한 듯 오금이 저려 올 때처럼 대뜸 욕질이 튀어나왔다.

아주 근사한 말이다. 원배가 그러거나 말거나 개 취향엔 아주 관심이 없던 평오는 그 녀석에게 등을 돌려 정류장 슈퍼 쪽으로 성큼성큼 옮겨 갔다.

잠깐 혼자 서성이던 가죽잠바는 멀어지던 평오를 힐끗 쳐다보더니 저는 저대로 바다 쪽으로 발길을 옮기기 시작했다. 잔파도가 지는 노을을 되받아 번들거려서 가죽잠바의 오 뒷모습은 흡사 시커먼 형체로 흔들려 잦아지고 있었다.

'씨알머리 없는 놈 같으니라구.'

버스정류소를 겸한 슈퍼엔 '당진여객 교로리 매표소'라고 붓글씨체의 나무 간판이 걸린 유리창 안에서 버스기사와 슈퍼 주인인 듯한 아줌마가 농지거리를 하는지 둘은 연신 움직이었고, 몇 사람은 읍내로 떠날 버스 시간을 기다리며 밖에서 서성거렸다.

날이 다 저물었는데 저들은 읍내로 나가려 하는가. 아니면 더 먼 대처에 볼일이 있어 나가는 것이려나. 그것도 아니면, 술 생각이 간절하여 읍내 친구들 만나러 나가는 것일까.

여기도 이 슈퍼와 주변엔 대호 횟집식당, 흙다방, 바다노래방, 꽝 비디오, 삼성 카브렛타, 그리고 저 건너 3층 건물의 핑크장이 바다 쪽 산언덕에 어깨동무하듯 오뚝하게 버티고 서서 소금기 바닷바람을 맞아 왔다.

상호 붙은 건물들이 너나없이 오물오물 어깨를 기대며 군집을 이루고 그게 적당하게 정류소 풍경을 빚어내고 있는 거였다.

황혼 무렵 바닷가 풍경이라 심심치 않았다.

작고 좁다란 바닷가 마을− 늘 밋밋함으로 아무런 탈 없이, 언제나 그리 견디어 가는 것처럼 의젓하게도 보이는 지루한 모습이 풍경 속에 숨어 있다.

일컬어 말이야, 이런 풍경을 여느 서해안 갯바닥에서 매번 맞닥트리기도 했지만 여기 특이점이라면 아마 여기서부터 대호방조제가 시퍼런 바다를 쫙 가르며 도비도 섬을 육지로 탈바꿈시킨 대역사의 현장이라는 점을 꼽을 수 있겠다. 이런 지리적 변화에 해안가이던 곳이 가자미 등뼈가시가 퍼지듯이 안쪽은 농경지(간사지)로 탈바꿈되고, 핑크장 넘어 바다 쪽은 무모한 거대한 화력발전이 1, 2호기에서 3, 4호기로 증설하는 사업이 한창 진행되고 있었다.

대호방조제가 바다를 막아 서산 생길포로 가는 길목도 가깝게 했을 뿐만 아니라 바다를 옥토로 만든 국가적 이점이 잠재돼 장차 자본의 투자성이 충분한 곳으로 집중 부각된 가능성이 농후한 곳이 여기다, 라고 여기고들 있는 곳이다. 도비도 휴양관광지가 생긴 게 그걸 뒷받침했다.

한마디로 여기는 뜰 곳으로 담보된 곳!

벌써 어느 가겟집에서 전기 스위치를 올렸는가, 입간판에 네온 불이 들어와 분홍 손님을 꼬셔 대듯 깜박거리기 시작했다. 손님이 있거나 없거나 돌아가는 일상은 그렇게 아주까리 동백섬에 너구리 심보 하나 살았는데…. 어깨를 잇대고 고른 치아처럼 잇댄 건물들이 불빛이 들어왔다.

아까 말한 대호방조제 들어가는 첫머리까지 밀려날 듯 이어진 가게 영업집들은 이 초입에서 서해 바닷가를 찾아온다거나 당진화력 건설공사장에 오는 가족, 또는 그 손님을 주고객으로 삼아 살아간다.

요 작은 바닷가 마을은 산 하나를 껴안고 그걸 중심 삼아 왼쪽 길은 당진화력으로 올라가는 구불구불한 뒷길이 나 있고, 오른쪽 길은 발전소 정문과 주변부 마을로 들어가는 시멘트 포장길인데 바로 읍내 나가는 길로 이어진다. 그 마을 옆구리에 동해서는 흔하게 볼 수 있는 일출 광경을 이곳에서도 엄연히 볼 수 있다고 뽐내는 왜목마을 노적봉이 있어 그게 알려지며 긴 겨울잠에서 깨어나는 기지개를 켠다니까.

정류소를 내질러 평오는 카브렛타 집 골목길을 지나 뒤편으로 빠져나갔다. 일렬로 늘어진 건물들 뒤쪽은 바다가 넓게 펼쳐져 있었고 전에 못 본 저탄장이 방조제를 끼고 왼쪽 켠에 넓은 자리를 새롭게 차지하고 있었다.

녀석이 씨알머리가 있든지 말든지 간에 여기에 온 두 번째 탐사 길을 허탕 치지 않기 위해선 이곳 지리나 또 다른 무엇을 한시 빨리, 빠삭하게 꿰뚫어야만 한다! 그런 욕망이 타오르지 않았다면 애당초 여기까지 발을 붙이지 않았을 터다.

탐색을 잘해야 하느니라. 무엇보다도 그게 중요했다.

버려진 폐타이어가 쌓인 곳으로 몇 발자국 옮기니 바닷바람이 툭하고 성큼 얼굴에 감겨들었다. 여느 바람과는 달리 저녁 바람이라 그런가 칼칼하지 않고 눅진눅진한 짠맛이 그대로 감겨 온다.

이 특유스런 맛. 소금기 맛. 황해 바람은 이토록 오랜 동안 바다를 의뭉스럽게 휘저어 대며 여기서 살아온 만큼 세월의 커다란 텃밭을 일궈 온 거다.

바다 끝 저쪽 지평선까지 한도 끝도 없이 이어지던 바다에서 눈을 돌린 평오는 소나무에 기대 쌓인 폐타이어를 발길질로 툭툭 쳐 보았다.

무슨 느낌이 있을 수가 없었다. 그저 고무라는 단단한 물체가 발끝을 아프게 할 뿐.

여기 바다로 유유히 바람을 쐬러 온 것은 당연지사 아니지.

익히 아는 바다. 원배나 평오는 또 이곳에 온 건 동업 친구 종집이 말마따나 "이제 우리는 무언가를 확 잡아야만 한다."는 것 때문이었다.

한 건. 그 무엇, 흔해 터진 부동산이 아닌 다른 무엇을 노린다. 본래 돌아다니는 것이 우리들의 천성이라 이런 작금의 시대에 시간을 축내면서 손해 보는 얼간이 건달이 아니기 때문에 더 파고들어 온 것이 아니냐.

바닷바람이 또 한 차례 불어왔다. 노을이 점차 잦아들기 시작하던 이 끝막에 저 먼 바다 수평선 위에 붉은 기운의 꼬리가 앙가슴만 남은 채 끝까지 버팅기다 어느 순간 사그라들어 버렸다. 종적도 없이.

그래선가 이번에는 습한 갯바람이었다. 갯것의 잘 알 수도 없는, 비루하고 하잘것없을 희미한 역사가 묻어 있을 갯가 바람. 흠칫 얼굴을 뜯어 훔치고 달아나는 바람은 어둠 속에 숨어 버렸다.

진짜 뭐라도 잡아야지. 이제 40이 넘었는데 허송 말고, 한

살이라도 더 먹기 전에.

평오가 아까 자리로 뒤돌아갈려고 몸을 돌렸을 때 그의 시야에 어슴푸레한 무더기 수북한 풀 더미가 들어왔다.

그의 눈에는 분명 독사풀로 보였다. 그랬다. '독새풀'이라는데 그 동네에서는 하나같이 '독사풀'로 예전부터 늘 그렇게 불러왔다.

밭둑이나 논둑성이, 퇴비장 같은 근처에서 한 여름내 머릿단을 길게 늘어트린 몸으로 생명력을 과시하는 1년생 여름풀에 지나지 않았건만 그 풀 무더기는 하찮게 보이는 풀 더미가 아니었던 것, 평오의 체험 기억에는 아무리 땅이 쩍쩍 갈라지는 가뭄 날이라 해도 시들어 버리지 않고, 끝끝내 끈질기게 번성하는 데에 탄복했던 기억이 먹판화같이 선연하게 남아 있었던 거다. 농사짓는 사람들의 독한 생명줄과 같은 그것의 존재. 지지리 못난 인간이라도 끈질긴 목숨이 있는 것이 매한가지였던 거다.

"평오야 인마."

여기서 뭐 하냐. 원배는 양손에다 자판 커피를 들고 줄래줄래 다가왔다.

"어쩔 것이냐, 해가 졌으니. 오늘은 여기서 자야 되지 않겠나."

원배는 커피를 건네준 손으로 이마에 내려온 머리카락을 넘기면서 잘 뵈지 않은 평오 얼굴을 바라보았다. 주위가 차차 어두워지자 둘의 하체까지도 어느덧 어둠이 차오르면서 원배의 가죽잠바도 아예 검게 보이는 것이었다.

"여기까지 와서도 이럴 필요가 없잖아? 감상은 되레 몸에 병만 된다구."

"자식두. 내가 그리 보이던? 그런 것 아냐."

"그럼 다행이구."

녀석이 잘못 짚어 그렇게 말하든 말든 상관이 없었으나, 내가 상대방에게 그런 면면으로까지 보인다면 말도 안 되는 일이다.

저쪽 바다에서 몸을 태워 사그라지던 놀빛은 사라진 지 오래다. 주위는 온통 어두운 빛에 물들었다, 생길포까지 팔을 벌려 뻗어 나간 우람한 방조제의 모습도, 그 윤곽까지도 어둠에 빨려들었다.

"얼른 밥이나 때리자구. 맛있게나."

두 친구는 건물 앞쪽에서 불빛이 흘러나오는 정류소 앞으로 향해 갔다. 정류소 앞 넓은 터는 이제 형형색색의 불빛이 마구 돌아가는 밤거리 모양 티를 내보였다. 밤 바닷가 물결 위에 너울거리는 불빛의 향연도 제법 야릇한 감정을 돋워 마치 사람들을 꼬드기는 것처럼 보였다.

'아까보다 더하군, 죽이게.'

"우리 우선 밥이나 먹자 야."

……삽사리, 장봉근, 겨울 버섯, 겨울빛, 삼봉 버스정류장, 황토방, 돌장게, 삽교호 방조제, 석문 방조제, 무슨무슨 모텔, …… 벌써 11월이라니 세월은 빠르기도 하구나. 잘 곰삭아 버린 새우젓 모양 냄새를 피우며 슬금슬금 알 듯도 싶고 모를 듯도 싶게 지나가는 시간의 존재, 그 무게, 어찌 보면 무상스럽기도 하다. 눈가에 짓무르게 고이는 갯벌에 사는 사스랭이나 좆망둥어, 황발이의 큰 발, 그런 게 그립다. 가시 많은 맨댕이 젓갈마저도.

먹기 쉽고 싼 육개장으로 저녁밥을 때우고 식당을 나온 평오는 방조제를 따라 달려가는 차들을 바라보며 담배를 물고 '식후연초 불로장생'이라고 입을 달래던 참인데 "얀마—"하는 큰 소리가 교로리 슈퍼 앞에서 튀어 건너왔다.

콧등에 난 땀방울이 채 마르기도 전인데 원배는 저한테로 오란 소리였다. 젠장, 성질 하나는 더럽게 급하기도 하지. 뭘, 잔말 말고 어여 오라니.

"왜 그러는데?"

묻는 말에는 대답도 없이 가게 앞 알전구 불빛 아래서 삐딱한 웃음을 흘리고 있는 그. 우뚝 튀어나온 코 아래로 잠깐 보였다 사라진 녀석의 뻐드렁니가 웃음을 더 의미심장하게 만들었다. 뭔가 다른 생각이 있는가 보다.

"뭔데 그래."

재차 물었을 때 녀석은 대꾸 없이 얼굴을 돌리며 식당 쪽으로 자기 오른손 엄지를 까딱까딱거려 보이는 게 아닌가.

"슈퍼 안에 뭐가 있길래."

"전화."

아~, 네가 들어가서 걔한테 전화해 나오라고 그래라. 그럴 줄 알았다. 언제 그년이 생각났는지 몰라. 걔 올 때까지 술이나 얻어먹자구. 녀석은 술 생각이 나나 보다, 니미럴 것.

맞긴 한데 걔가 집에 있을까. 허구한 날에도 읍내다 어디로 싸질러 다니는 년인데 말이야. 평오는 그녀에 대해 얼마쯤은 알고 있다고 평상시 자부하는 편이었다. 없을지도 모른다고.

어쨌든 종집이 왔다고 하면 제 년이 안 나오고 배길 줄 아남. 우리 둘은 그러면서 낄낄거렸다.

밑져야 본전이지. 둘은 다시 저녁밥을 먹고 나온 슈퍼로 다시 들어갔다. 식당까지 겸하는 안창 뒤쪽으로 달아낸 실내는 넓었다. 물건들이 진열된 뒤쪽으로 식탁과 의자가 열 서너 개쯤은 자리를 잡았고 안쪽 벽에는 무슨 소주나 뭐뭐 맥주 박스들이 즐비하게 쌓였다.

이따 종집이 녀석도 우리와 함께 모일 텐데 잘되었지 뭘. 우린 술을 얻어먹고 지들은 뽕을 따고, 종집은 제 차로 들어올 터니까.

원배는 바깥을 기웃거리는 동안 평오가 계산대 옆벽에 매달린 공중전화 앞으로 가 청바지 뒷주머니에서 수첩을 꺼내 들었다.

미리내 머리방 원장 김광옥.

뚜르르 넘어가는 수첩에서 그녀의 이름이 보였다. 동전을 넣고 전화번호를 누르고 신호가 떨어지는 사이 평오는 창밖으로 눈길이 갔다. 정류장 부근은 환한 빛으로 여울이 져서 저만치에 밀려난 어둠결이 밤바다 물결과 섞여 너울대었다. 해 뜨는 마을로 들어가는 길목에 선 나무들의 모습은 종적을 감췄다. 송수화기에서는 계속 신호가 떨어지고….

"전화 안 받아?"

내가 고개를 끄덕거렸다.

"늬미 씨팔. 왜 그리 되는 일이 없냐."

"그럴 수도 있지 뭘."

허구한 날 계집이 어디를 싸질러 다녀서 집에 없을까. 씨발 년, 겉멋에 돈맛만 들어 가지고. 이따가 종집이도 올 텐데 일이 가관이것다. 정말 욕밖에 안 나왔다.

녀석은 일어났던 의자에 다시 앉으며 대뜸 주인 여자에게 소주를 시켰다. 소주 두 병에 낙지회. 생각만 해도 부실하게 먹은 배 속 내장에 불타듯이 경련이 화해져 왔다.

무슨 원수졌다고 육개장 하나 처넣은 배 속에다 술로 위장을 적시려 하나 허기를.

하기야 이해는 된다마는 이게 술로 풀어야 되는 것은 아닌데 결국에는 매사가 이렇게 감정적으로 꼬이게 다가오는 거다. 그러니까 별수 없이 지금도 원배와 마주 보는 자리에 앉은 거 아닌가.

이제는 완전한 밤. 바다로 빠져든 붉다랗던 노을은 종적조차 찾을 길 없고 슈퍼의 때 묻은 창문엔 어둠 꽃이 서글서글 역력하다. 이런 시골 슈퍼에서 술이라니 뭐라고 말해야 좋냐. 바깥쪽을 바라보니 옆 가게들의 모습도 잘 보이지 않는 실내에서 기다림은 술추렴이나 하며 시간을 죽치는 일만 남았다.

하루 빨리 한탕을 거머쥐었으면 한다. 하루 빨리….

바닷바람이 불어오는 걸까. 아니다. 그럴 리가 없지. 느그적거리고 찐득거리는 갯바람이라도 시원스럽게 불어 준다면 마음이라도 시원할 텐데. 뭐 한 게 있다고 한적한 이곳에 와서 술자리라니.

서해안은 사회부도에 나오는 지도에서처럼 너무나 한갓지게 뒤로 훅 처져서 낙후된 곳이라고 다들 여기는 곳, 배고픔을 채우는 꿈이란 도무지 찾아오지 않는 곳이라 해야 옳다.

이런 오지는 과거 정치하는 위정자들이 오래도록 자신의 입지를 유지하기 위해 만들어 놓은 지역 연고의 틀에 묶여져 그들 정치의 자장권에서 반대쪽 세력에 대한 견제나 제재 때문에 의도적으로 불거져서 생겨난 불명예 딱지는 잘하거나 못하거나 그런 건 아무런 문제가 되지도 않았다.

갯바닥보다도 좁아터진 지역 개발이 통 안 되다 보니까 선거철만 돌아오면 여권 국회의원 후보는 '당진 개발'을 최상위 공약으로 내세우며 여기가 발전하려면 좌우지간 여당 후보에게 표를 실어 줘 정부에 힘을 불어넣자는 도식적인 세몰이로 야당 후보를 견제해 왔다. 물론 여당의 물량 공세라는 것이 의당 뒤따라 다녀 야당 후보는 파죽지세의 고전에서 헤어나기가 어려웠다.

이곳 사람들은 후보를 당을 보지 않고 그 됨됨이를 보고 빨간 뚜껑에 인장을 묻혀 그쪽을 찍어 온 게 아니었다. 글쎄 그렇지 뭐. 충청도 인심이야 예전부터 기후의 영향에 따라 온순하기가 이를 데가 없었으니까.

뽑아 주고 나면 '도로 아미타불'이고 내세웠던 공약은 겉전 신기루처럼 사라졌다. 그러다가 보니 국가 정책에 따라 다른 고장이 앞서 달라지는 것이 예사였고 국회 단상에 나가 나라 정책이 어떻고 하는 발언을 해 봤댔자 그 얼굴 때문에 지역구에선 미운 털이 박히게 되는 것이고 일개 거수기 노릇이나 거드는 금배지. 거, 정치가 다 그랬지 않던가.

이곳 사람들은 그래도 손해 보듯 찌그러진 삶을 용하게 견뎌 살아왔다. 쭉정이가 많이 나고 영근 알맹이가 적게 나던 해에도 구시렁거리는 푸념이나 막걸리 잔에 담아 일삼고 등어리가 가려우면 긁고 정강이가 가려우면 또 긁어 대며, 농사를 짓다 보면 이런 때도 있고 저런 때도 있는 법, 좋은 날이 오겠거니 믿으며 하늘을 믿고 땅을 밑천 삼아 천애 농심 하나로 살았다.

세상은 선거를 자주 치르면서부터 말로만 듣던 서울 물정이 여기까지 마구 내려와 번지는 건 예사였고, 선거 바람으로 개발 공약이다, 읍 승격 등을 무슨 능사처럼, 해결사 모양으로 붙이고 다녀 서서히 땅에 대한 투기가 돈맛 전혀 모르던 농사꾼들 콧구멍에까지 들어가 허파를 부풀려 놓고 간덩이를 붓게 만들어 누구나 할 것 없이 불 번지듯 지천으로 타들어 갔다.

옘병할 것! 도시 물정이 읍내 바닥을 후다닥 휘젓고 다녔으며, 쓸 만한 사람들이 도시로 빠져나가 남은 츠레기(=껍데기)들끼리 가까운 사람들 사이에서 얼굴 두껍고 목소리가 높은 족속들이 너 나 할 것 없이 부동산 소개업 간판을 내달기 시작했다. 구전을 왕창 긁어 보자는 계산으로 말이다.

한때 물장수인 읍내 다방 수가 급등해진 건 당연지사, 얄록한 궁둥이 씰룩거리며 둠벙배미같이 실한 앞가슴에다 눈꼬리 올린 화장 짙은 얼굴로 커피 보온병을 들고, 인삼차와 쌍화차를 나르던 처녀들은 어디서들 흘러온 것인지 콩나물 크듯이 거리마다 넘쳐났더랬다.

여름철에는 그것들이 몸치장을 환장하게 눈꺼풀 회까닥 넘어가도록 만들었고. 씰룩씰룩 드디어 올 것이 왔구나, 땅금이, 부동산 값이 선거 바람에 꿈틀거리기 시작한 거였다.

기초 자치단체라는 말이 생겨나며 아주 자연스럽게 '지역 이기주의'라는 생소한 단어가 주민과 주민 사이, 면과 면 사이, 군과 군 사이에서 생겨났고 그 면을 대표하는 군의원이란 위인은 민원 장본인으로 떠오르며 언감생심 해결사 노릇까지 도맡아 해야 하는 지경에까지 자연스럽고 의젓하게 떠올랐다.

여기뿐만 아니라 이제는 전 국토가 제법 '종합개발'이니 '균형개발'이니 하는 빌어먹을 정치적인 안배에 따라 그전의 개발 순위를 권역별로 나눠서 분산시킴으로써 지역의 정치꾼인 국회의원의 능력 여하에 막대한 영향력으로 나타나기 일쑤였던 것인데, 사실이기도 했고, 부작용도 만만치 않아 보였으며 해간 삽교호가, 대호호가, 석문호가 막혀 방조제가 됨으로 해서 근자에는 여당의 똥배 나온 그 금배지를 지역 사람들은 음, 고개 끄덕거리면서 막강한 여권의 정치력을 확실히 믿게 되었다.

게다가 황해의 망망대해를 막아 뭍으로 만들어 버린 큰 정치가 현재, 또 다른 분홍색 무지개를 준비 중에 있다니 이것이 연결되면 가히 '걸작품'이라고 누군들 말하지 않으랴. 갯벌이 없어지는 대신 나온 그것은 다름 아닌 서해안 고속도로. 서해안 소외 지역을 담보로 해 개통되는 국가적 경제개발사업, 그야말로 사건일까.

……바닷가에 들어서면 훅 풍겨 오던 비릿한 갯벌 냄새가 벌름한 콧속으로 파고 들어와 수수자락 여문 알을 폐부에 뭉청 쏟아 놓던 아련한 짠 바다 내음들. 어찌 잊을 수 있으랴. 그런 예전을 떠올리면 등잔 꼬투리에서 꺼질락 말락 불꽃이 이룽거리며 가슴 밑바닥부터 차오르는 끄름 냄새처럼 아슴하기만 하여라. 이제 돌아올 수 없는 곳으로 영원히 사라진 갖가지 추억들이 마치 장항선 기차가 역전 구내를 빠져나갈 때처럼 멈칫멈칫 내지르던 기적 소리가 되살아나고, 하염없이 아쉬움은 시근덕거리게, 진하게 묻어난다.

"뭘 그리 생각하나. 이런 델 와서."

원배가 한 개비 담배를 다 태우고 재떨이에 비비며 평오의 넋두리에 돌을 던졌다.

"아줌마! 얼리 주세요."

"예—, 지금 나갑니다."

야, 술 나온다. 술이나 먹자 야. 아줌마가 내려놓는 밑반찬에서 솔솔 식욕을 유혹하는 냄새에 원배 목소리가 힘차다. 제법 곁들인 반찬 수가 많았다. 그 사이를 비집고 들어온 낙지 접시. 꾸물거리는 그것들은 썰린 토막으로도 죽지 않고 지렁이 모양 제작기 온몸을 비틀어 대고 있었다.

고거, 맛나게 생겼다 아—.

"야, 한 잔 들자."

"그래 술이나 들자, 종집이가 올 때까지."

"여차여차하다 보면 오겠지 뭘."

"하긴 그렇지?"

두꺼비 술 한 잔. 서로 따라 놓고 나니 그랬다. 우선 깻잎에 산낙지 한 점을 기름 찍어 올리고 그 위에다 썰린 고추 점 마늘 점을 얹어 말아 입을 벌리고 우겨 넣었다. 캬우—, 죽인다, 죽여. 이 맛!

우리는 잔을 부딪쳤다. 짠하고 단숨에 입안에 털어 넣으니 목울대를 타고 소주가 잘 넘어갔다.

"콰아-, 쓰다 써."

쓴 소주 맛에 곧장 들어간 낙지 토막이 숭겅숭겅 씹었음에
도 흡판을 꿈틀대다가 덩달아 목울대 저 속으로 꼴깍 넘어갔
다. 소주잔을 비우는 사이에도 해삼, 멍게도 이따금씩 초고
추장을 찍어 먹었는데 그 맛이라는 게 이빨들 사이로 금방
빠져 도망갔는지 25도 소주 맛이 온몸으로 퍼져 가며 얼굴
낯짝에도 술기운이 오르기 시작했다.

평오는 연신 쓴맛을 지우려는 듯 안주에 손이 자주 갔다.
못처럼 먹는 술이니 그다지 싫지 않았기 때문에 그럭저럭 몇
잔은 넣을 것 같았다.

"이런 데서 먹는 술도 오르는가 보다, 넌?"

"우리 집 내력이 그러니까 내가 안 오르고 배기것냐."

술은 참 우스운 존재다. 좋은 때나 슬플 때, 아니면 혹여
심심한 때에라도 남자들은 그러지. 어디 가서 술 한잔할까.
심지어는 화가 치밀어 올랐을 때에도 짓궂은 게 술이라고 홧
술을 먹지 않던가. 어떤 경로로 그것을 만나던 간에 그건 대
체로 '시간을 죽이려드는 심사'를 내재하고 있어 알 것 같다
가도 모를 병과 흡사하다.

천장에서 떨어지는 60촉 전구 불빛이 두 사내를 저기 정육
점에 걸린 핏빛 고기와 비슷하게 점차 달구어 가는 듯했다.
진열대 갈고리에 꽉 채여 걸린 죽은 고기 부위 표피마다 핏

물이 밴 선연한 자국, 붉은 문신.

핏빛이라, 음⋯⋯. 원배에게는 스물이 넘은 청년 시절 숨겨진 비밀을 꽁꽁 묶다시피 혼자만이 품어 오는 게 있다. 겁도 없이 한창 젊은 시절 청춘 때, 용두사미로 똥탕이 튈 때, 뭐니 뭐니 해도 그럴듯한 걸 은밀히 간직하고 있을 터이지만 빛나는 훈장이라 불러도 되겠다.

⋯⋯진득진득한 진물이 나는 여드름투성이가 가시며 딱지가 떨어져서 사춘기가 끝나 가나 싶더니만 푸른 실핏줄이 이마 주변 양족으로 튀어나오는 것이 코 아래 그늘에 검불검불 짙어지는 밭과 더블로 더불어 어울려 노는 청년 시절의 사나이.

소주는 이미 두 병째.

가죽잠바를 벗어 놓은 원배는 물때 잘 만난 어부처럼 아구창에 낙지 점을 가득 넣고 우물우물 잘도 먹어 댔다.

넌 안 먹어, 하는 눈치를 견주다가도 자기 빈 잔에 자작까지 하며 냉큼 잔을 비우곤 한다. 핏빛 추억을 잊기라도 할 양으로.

끼익−.

그때 가게 새시 문이 열리며 노인 차림의 사내가 들어왔다. 둘에게는 낯선 얼굴이었다. 방문 쪽마루에 앉아 있던 아줌마가 일어서면서

"이제 퇴근하려구요?"

라며 잘 아는 양 반긴다. 머리가 희끗거리는 노인네는 대답 없이 물건 진열장을 훑어보고 안쪽에서 술을 먹고 있는 둘에게 시선이 갔다. 어라, 빨간색 마후라를 목에다 둘렀네. 거기에는 남국의 오렌지가 정열적으로 익어 가고 있는 모습이 선연하게 보였다.

"……."

뭐, 퇴근이라니. 무슨 말인가. 여기에도 사무실을 차려 놓고 일하는 곳이 있나.

평오의 눈에 머리카락을 뒤로 넘겨 유독스레 이마가 넓어 보이는 그는 눈이 크고 두툼한 입술을 한, 나이는 60 전후가 될까 말까 할 것 같았다. 밤색 잠바를 걸쳐서 그렇게 보이는지는 모르겠으나 농사나 짓고 시간이나 축내는 그런 양반 같지는 않았다.

저 봐라, 원색의 마후라를 두른 신식 남자를.

둘은 모른 채 술잔을 기울이었다. 잔을 내려놓던 원배가 그 노인네를 넌지시 바라보았다.

"아줌마, 나도 오늘은 술을 먹고 싶구면. 소주 하나랑 국물 있는 찌개 줘요. 공깃밥도 잊지 말고요."

"예. 그렇게 할게요, 선생님. 오늘은 늦게까지 일이 있나 보네요."

선생은 나가 버렸다. 나간 그이에게 인사를 한 주인아줌마는 얼른 부엌으로 들어갔다.

선생이라……. 여기서 무슨 일을 하고 있는 게지? 이 동네에 살고 있나? 오른 술김에 별별 생각이 순식간에 스쳐 갔다.

성깔이 더는 못 참겠던지 입 가생이에 초고추장이 묻은 예의 녀석이 아줌마를 불렀다. 호기가 발동한 것이다.

그녀가 부엌에서 안 나오자 원배가 그쪽으로 성큼 다가갔다. 뭐라고 캐묻는 말과 대답 소리가 언뜻 어울려 꿰미에 쭉 꿰어 있는 조기들 모양을 이루었다.

대충 들린 말마디를 연결하니 이해가 될 법도 했다. 퇴임 선생이 이곳에서 부동산 가게를 놀이 삼아 열었다니……. 그 양반 눈치 재간 한번 되게 빨리 돌아가는구나. 선생질한 주제에 별걸 다 벌리고.

"그 양반, 얼마나 멋쟁이라구요―" 하는 말이 평오한테 들렸다.

"야! 씨팔 여기서들 있었네. 술이나 처먹고들."

들어오자마자 종집이 씩씩거렸다. 일테면 늦게 온 놈이 성화라더니만 종집이 그랬다.

"까이 광옥이도 왔어?"

못처럼 '년'자를 빼고 묻는 원배는 소리 없는 웃음을 지어 보였다. 술이 알싸하게 올랐다는 표시다.

"그~럼 여부가 있냐."

결국은 짤짤거리고 다니는 광옥이 년은 뒤따라 들어왔다. 가당치도 않게, 우리가 불러내 술이나 빼앗아 먹으려던 계산만 우스운 꼴이 됐다. 씨브랄년 같으니라고. 덕분에 알딸딸하게 오른 취기에 양 눈두덩이까지 올라 짓물러 오던 평오도 원배가 먼저 일어서자 남은 잔을 꼴깍 털어 버리곤 일어났다.

"나가자."

정류장 근처는 어두웠다. 정류소와 어깨를 잇댄 건물들의 가게에서 새어 나오는 불빛과 몇몇 광고판의 네온만이 밤을 밝혀 대며 혹간에 올, 그런 방문객을 기다리고 있는데 저쪽 캄캄한 대호방조제를 통해 생길포 쪽으로 치닫는 자동차의 긴 헤드라이트 불빛이 이따금씩 어른대다가 사라져 갔다.

끄윽, 끅−.

원배는 손으로 입을 막으며 아까 낮에 평오가 있었던 건물 모퉁이 논 쪽으로 잽싸게 내달려 간다. 잠깐 사이였다.

"왜 그래?"

종집은 알면서도 능청을 떨었다. 평오는 잠시 후 어이쿠나 매콤한 쉰내를 코끝으로 맡았다.

끄윽, 끅⋯. 그 냄새를 들이킨 순간 평오도 더 참지 못하고 덩달아 그쪽으로 달려갔다.

"씨브럴 놈들, 어쩌자구 많이는 처먹어 갖구 저 지랄들이 야. 견디지도 못하는 주제에."

"좋은 술 망신시키고 있네. 둘이만 처먹었으니 벌받는 겨."

그들이 쪼그리고 앉아 계륵계륵 토악질을 해 대고 있는 소리가 역겨운 듯 종집은 광옥이가 옆에 있는데도 거칠게 내뱉었다.

"어이 씨, 늬미랄."

"견디지도 못하는 술을 먹어 쌓다가 이 꼴이라니… 정말 할 말이 없네."

"그리기…… 끄윽."

평오는 먼저 일어나 원배의 등을 두들겨 주었다. 이런 건 딱 질색인 평오도 오늘은 할 말이 없게 된 꼴이다. 평소 집에서 아버지의 술주정을 익히 봐 왔었지만 이런 건 실물이 나 있었던 터다.

다독여 주는 손에 힘을 뺀 평오 눈앞에 아까 본 독사풀이 들어왔다.

저느무 독사풀! 어디에선가 어머니의 목소리가 들려오는 듯했다. 생각만 해도 끔직한 일이었다. 비 한 방울 내리지 않는 가뭄 날에도 어찌나 강인하게 버텨 나는 풀인 줄을 그 때부터 알았던 터였으니까.

"이제 좀 괜찮아?"

구석에서 둘이 그러는 사이, 웬 헤드라이트 빛이 강렬하게 그들한테 쏟아졌다. 그 빛이 점점 그들에게 다가오자 얼굴을 찡그려 일어선 원배가 기세등등해졌다.

"어떤 씨발 놈이 이런 장난을 해대냐. 어느 놈이…."

제 입 가생이를 쓱 훔쳐 대며 차 쪽으로 성큼 다가가는 원배는 무슨 일을 치를 것만 같아 보였다.

"야, 원배야–."라며 이름을 불렀을 때 그와 동시에 불빛이 꺼지고 차문이 열리는 소리가 들렸다.

어이쿠. 어떤 놈인지 되게 잘못 걸려든 것 같다.

"나야 인마. 너, 시방 한 대 날리려고 오는 거지? 그 성미 언제 죽일래, 너. 그거 죽어야 너 돈 모아. 다들 예 갔대서 왔다. 한탕하는 데 나도 껴 달라고 말야."

"어–구, 형. 어떤 놈인가 했더니……. 형이 아니었음 벌써 이 주먹 날아갔을 텐데. 그리고 참 냄새도 잘 맡으오."

뒤에 온 평오는 그때서야 그가 정우 선배인 것을 알았다.

천만다행이랄까, 종집이와 한집에서 중장비를 만지는 식구로 우리들보다 지역에서 두서너 살 선배라 대우해 주는 처지였다.

"웬일이요? 여기까지?"

평오가 다가와 인사치레를 한다. 뒤따라 종집이와 광옥이도 그들이 있는 곳에 다가왔다.

"난 또 누구라구……. 건데 여긴 어쩐 일이유?"

"넌 보기도 좋다. 너희끼리 모이는 데도 여자도 다 동반하니, 부럽다."

"부럽긴… 별말 다 하네. 야, 이리 와 인사해."

"안녕하세요?"

"우리 초면은 아니죠? 정식으로다 인사하게 되어 반갑습니다. 남정우라 합니다."

"형은 우리보다 나잇살만 붙은 늙은 총각이잖아."

"너, 그런 소린 뒀다가 해라. 알았어?"

"야, 우리 여기서 이럴 거야. 형님도 행차했는데 이러지 말고 어디 방이나 잡고 해야시."

종집은 앞장을 서 어둠 속으로 갔다. 광장을 빠져나와 어두운 언덕바지 길로 향해 올라갔다. 무리들도 그를 따라갔다. 바다 쪽으로 선 여관 핑크장의 네온 불이 어느 중세의 성처럼 다가왔다.

불빛이 얼룩거리는 광장을 벗어난 그들의 뒤켠에는 아까 원배가 반납한 쉰내가 나는 토악물이, 평오 것과 어둠 속 어디에 남아 있을 거다.

그 논 곁사리엔 독사풀 무더기들이 이 밤에도 소리 없는 소금기 바닷바람에 몸을 맡겨 휩쓸리며 간간한 앞 뼈대를 키우며 굵다란 근력을 가다듬는 밤- 그렇게 익어 가기 시작했다.

2

꽃이 피고 지고

불쑥 찾아든 불청객이 아니었다. 돈이 모이는 일을 해야겠다는 애초의 생각에는 변함이 없었다. 그것을 버는 일이 처음부터 크지는 않더라도 사업 같은 걸로 되면 얼씨구나 좋겠지만 처음부터 간덩이가 붓도록 욕심을 되바라지게 내고 싶지는 않았다. 그건 많으면 많을수록 얼마나 좋던가.

간밤에 마셔 댄 술로 어지간히 속이 쓰린 평오는 소파로 내려앉아 오늘치 신문을 펴 들었다. 신문 활자가 눈에 들어올 리가 없다. 마셨어도 분수껏이나 먹었어야지 늬미.

아이구 속 아파.

신문을 다시 던져 버리고는 평오는 일어섰다. 아직도 일곱 시라니 사람들이 나다니는 시간이 되려면 멀었다. 창문 밖에는 사람 꼭지는 통 보이지를 않는구나. 군 청사 앞 광장이 텅 비어 넓게만 보인다.

평오가 여관방에서 나와 역전 골목길을 빠져나올 때만 해도 아직은 어슴푸레한 어둠이 깔리고 콘크리트 역사 옥상에 있던 보안등도 빛을 잃어 가고 있던 중이었다.

지역사회발전연구소.

그 간판이 착 붙어 있는 사무실 앞에서 발길을 멈추었다. 아직 해가 뜨지 않은 이른 시간, 평오는 열쇠를 찾아 문을 열기 전 읍내 파출소로 눈이 먼저 갔다.

환한 실내에 당직 순경 하나가 책상 앞에서 앉아 꾸벅꾸벅 졸고 있는 모습이 보인다. 으레 자신도 모르는 사이 그런 몸짓이 몸에 배어 버린 것이다. 알다가도 모를 일이지 나 원, 문 앞에 배달된 신문을 집어 들고 사무실 문을 열었다.

정수기에서 물을 받은 평오는 컵물을 벌컥벌컥 마셨다. 한 잔도 모자라 두 잔이나 연거푸 마셔 댔다. 마치 마른논에 물 들어가듯이.

'어이구 살 것 같다아, 이제는.'

조갈증이 없어진 듯 속이 시원해졌다. 물 마신 컵을 탁탁 뿌려 정수기 옆에 놓고 돌아섰을 때 문 열리는 소리가 들렸다.

"어머. 어제도 안 들어가셨어요?"

"그래. 나는 술 먹느라고 못 들어갔다. 건데 너는 꼭두 아침에 출근하냐."

"저두 어쩌다가 그렇게 되었네…요."

물어보나 마나 외박한 모양이로구나? 남자 놈 같았으면 그렇게 묻고 싶었지만 스물 넘은 처녀니까 끄윽, 눌러 참아 버린다.

"아닌 말로 꽃다울 때 실컷 놀아라."

그게 최고인지도 모르니라.

그래, 너도 외박을 아주 상습적으로다 하는구나. 나쁜 계집애 같으니라고. 떳떳하게 내놓고 할 날도 멀지 않았을 테니 부디 닥쳐 올 미래를 위해 몸조심해라.

속으로만 그렇게 되뇌던 평오는 아까보다 배 속이 한결 편해지는 걸 느꼈다.

명애는 핸드백을 자기 자리에 놓고 사무실 문을 열어젖혔다. 아침 청소를 할 모양이다.

평오는 담배를 피우려다 말고 곧바로 사무실을 나가려 할 때,

"아저씨, 어디 가려고 그러세요?"

빗자루 든 명애가 문 앞에까지 나와 물어본다.

"아저씨란 말 안 할 수는 없냐? 속이 아픈데 그 소리까지 들으니까 확 넘어오려고 그런다."

"미안해요."

라며 보조개가 파이며 웃는 명애. 얘는 웃을 때 하얀 치아가 씽긋 보이는 것이 참 보기가 좋았다. 그게 걔의 장점이기

도 하다.

"괜찮아. 너보고 장가 못 간 나를 책임지라고 안 할 테니까. 다음부터는 그냥 편하게 오빠라고 불러 줘."

"네."

"그리고 나, 요 아래 목욕탕에 가서 샤워하고 올게. 친구들은 지금 퍼질러 자고 있으니까 그리 알고."

"네. 다녀오세요."

잠바 옷깃을 추슬러 평오는 아래쪽 거리로 발길을 옮기었다. 문 닫은 가게들로 이른 거리는 더욱 한산한 거리처럼 깨끗해 보인다.

지금 가는 청수장탕과 읍내 몇몇 목욕탕은 언제나 변함없이 새벽녘부터 365일 동안을 언제나 성업 중이다.

그리고 이 바닥에 또 한 곳이 있는데 군청 앞 골목의 '011 콩나물해장국집'이 오늘도 변화무쌍하게 갈퀴로 돈을 긁어대고 있다는 것인데 그들은 어디다가 큰돈을 써 대는 것인지 궁금했다.

그게 무진장 궁금하다. 이런 겨울날, 이른 아침 날은 어둑신한 바깥에 나오기 무섭게 살갗이 도들도들 옻 올린 닭살 모양 돋아나는 법.

아무 때나 이(치아)가 으등거려지게 정신이 팔짝 드는 추위도 예전에는 매번 엄습을 하더니만 요 근래는 그런 날씨도 구경하기가 어려워졌다.

세상 살기가 좋아져서인가, 아니면 개발 붐에 말 그대로 정말이지 환경 생태계가 몽땅 깨져 버려서인가. 가방끈 짧은 우리네는 알 수가 없는 노릇이다. 흔하디흔하게 내리던 눈 지상보기 어려운 세상이 되다니…… 말도 안 된다.

충청도 해안인 서해안에 자리한 당진 날씨는 이 지방 자연 환경이 대뜸 지배하는 거라지만 높다란, 뻗어나는 산새가 전혀 없는 만치 사람들은 자못 밋밋한 산새를 닮은 듯 의뭉한 말씨를 잘 쓰는 특색을 지니고 있겠거늘, 그리하여 그게 명청도 어쩌고 했던 구실로도 여겨졌다. '오지'란 불명예스런 딱지도 머잖아 서해안 고속도로가 확 뚫리는 날부터 곧장 사라질 판인데 현재 저 위 어디까지가 뚫었다는데.

이제 황해에서 부는 바람 소리가 뱃고동처럼 팡팡팡 거세어질 날도 머지않으리. 이난영의 유달산 거시기 '목포의 눈물'에까지 느려 터지기만 한 장항선 열차의 속도는 당진을 거쳐 서산으로, 홍성으로 해서 냅다 내달린다 해도 고속도로 위를 씽씽 달리는 자동차를 도저히 이길 수는 없을 터.

암, 당연지사. 그런 사이 평오의 눈 속으로 들어오는 거, 툭 튀어나온 하얀 바탕에 돌출 간판이 보였다.

돌고래형 미녀가 투명 가운을 걸친 청수장탕 간판 네온. 얄팍하게 저걸 어떻게 만들었을까 할 정도로 정밀하고도 간결하게 여체를 기가 막히게 가다듬다니 욕 나올 게 가히 우리나라 만세다. 알몸뚱이 나무들이 끝나는 그곳에서 밝아 오는 아침에 무참히 시들어 가는 불빛이 돌고래 미녀임을 알리고 있었다.

그래, 이 집의 사장이 아직껏 어떤 놈팽인지 모른다. 여기 건물 주인이 과연 누구일까. 어떤 놈이길래 돈을 잘 벌어먹느냐 말이다. 돈복 터진 놈. 이 주인이란 작자는 여기를 찾는 손님에 대한 배려 하나는 끝내주어서 턱없는 보도블록을 만들고 자동차가 지하 주차장으로 '싸악' 들어가게끔 손을 쓴 게 아주 한눈에 들어왔다. 사소한 거 하나라도 놓치지 않고 돈으로 직방 연결시키는 저런 서비스 정신!

아무렴 저런 게 바로 장삿속인 게지. 이 5층 건물은 1층은 남녀 목욕탕, 2층에서 4층까지는 여관, 5층은 건물 주인이 자기 집으로 쓰고 있다고 소문이 나 있다. 흰 건물로 해서 주위에서는 어깨를 우쭐거리는 위용을 뽐내며 그 풍채를 과시해 대는 것같이 보인다.

평오는 건물의 문을 밀고 들어갔다.

"야야, 빨리 일어나. 여덟시 반이다, 반!"

셋 중에서도 먼저 일어난 정우 형이 종집과 원배의 다리를 툭툭 차며 창문으로 가 문을 활짝 열어 놓는다.

빨리 일어나라는 소리다. 저 봐라, 해가 중천에 올라왔다! 싸게들 일어나라고. 벌써 그는 욕탕에 들어갔다 나와 감은 머리를 거울 앞에서 매만지고 있는 중이다.

"뭘 그리 야단이요. 쫓기는 일도 없는데."

"해장국 먹구 얼른 일터에 나가야지. 이놈들아."

누워서 내뱉는 원배의 투정에 정우는 곧장 일터를 강조한다. 당연지사 골백번 맞는 말이다.

"늬미 씨부랄 거, 잠 좀 쬐금 더 자려 했더니 씨끌러 다 틀렸네."

"형. 이제 다 일어났으니 거 창문이나 닫읍시다, 엉? 지금이 어디가 오뉴월이유?"

종집이 일어나 이불로 확 웃통을 가리면서 하소연한다.

"그래, 알았다. 일어났으니 이제 문 닫을 겨."

빨리빨리 서두르자. 이거 이러다 사장 놈한테 한 방 먹는 건 아닌지 모르겠다. 일견 나잇살이 위랍시고 정우는 이런 일이 처음인지라 내심 걱정되는 모양이다. 걱정을 해 봐야 뭐할까마는 되는 대로 사는 게 그들의 순리인 것을, 용쓰는 재주가 없을 터인데.

"평오는 벌써 갔다."

"아마 사무실에 있을 겁니다. 그런 놈도 있어야 우리가 이렇게나 할 수 있죠."

"걔도 많이 마셨잖아. 특별한 위장을 한 로봇도 아닐 텐데. 걘 너희완 다르긴 다른가 봐."

"형. 그렇게 말하지 마. 체질이 다르니까 그런 거니까. 꼭 편 가르듯이 말하면 기분이 나빠."

"그래, 좌우지간 빨리 들어가 씻어라. 서둘러야 하니까."

종집은 사각박스 팬티 차림으로 담배를 물고, 원배를 티셔츠를 벗어 방바닥에 던져 버리곤 씻으러 들어간다.

놈들, 게을러터지기는… 언제 되어야 철이 들려나. 정우는 방바닥에 흐트러진 이불들을 주욱 한쪽으로 밀어붙였다.

머리가 묵지근한 것이 영 개운치가 않다. 속은 말할 것도 없거니와 무슨 술을 그렇게 주는 대로 먹었는지 자신도 모른다. 어이그 정신 차려야지. 정우는 송수화기를 들었다.

"여보세요. 지역사회발전연구소죠? 거기 김평오라고 지금 있어요? 어디 갔는데요. 아, 네. 오거든 기다리라고 그러세요. 우리하고 해장국이나 같이 먹게. 나요? 네에. 남정우라고 하면 알아요."

그러면 그렇지. 제 놈이라고 용빼는 재주가 있을라고. 지가 무슨 통뼈인가.

통뼈는 다름 아닌 지역사회발전연구소다. 이름 한번 거창하게 번드르르하지 않던가.

하나의 의문점이라면 거기 이름에 '당진'이란 고유 지명을 써서 당진지역사회발전연구소라고 해야 더 유창하게 하지 않았느냐 하는 것이다. 무슨무슨 로타리클럽, 무슨무슨 라이온스 클럽, 와이즈맨, 청년회의소, 청년단체협의회 등 이름난 단체들이 수없이 많아 뒷전으로 떠밀릴 판인데 왜 속 좁아 터지게 그리 붙였을까 하는 이유였다.

내 생각은 그래 가지고 어디 큰돈은 고사하고…… 사무실 앞에 붙은 간판이나 새로 붙였으면 좋겠다. 나무판에 글자를 새기고 먹칠을 한 게 다른 현판이나 뭐가 다른가. 작은 철제 케이스에 블록형의 글자를 아담하게 뜨고 금박을 한다면 얼마나 좋을까.

"야, 아직 멀었니?"

"얼추 됐으니까 좀 기다려요."

자식들, 어떡하려고 그래. 요즘 세상에 내 멋대로 했다가 밥사발도 놓친단 말이다. 거 큰 뜻으로 뭉쳤으면 뭔가 달라도 달라야지.

"잔말 말고 얼른얼른 나오란 말이다. 이 형님 속이 아파 죽을 지경이야."

"어규, 누군 안 그런지 아슈?"

먼저 종집이 수건으로 머리를 비벼 대며 나왔다. 반들반들한 근육질에 물기가 주르륵 흘러내리며. 양 젖가슴이 대접을 엎어 놓은 꼴로 툭 튀어나온 떡대를 자랑하듯 수건 끝을 붙잡고 머리칼을 털어 대는 양팔의 이두박근이 다섯 근, 여덟 근으로 줄었다 늘었다가 하는 자동 펌프 같다. 거울 앞에 선 그의 등에선 마치 차령산맥이 힘차게 내리 뻗어 나가고 있었다.

"그렇게 속이 쓰리면 먼저 가시던가 하지."

저 싸가지 하고는. 뒤에 나온 원배는 청바지 차림을 곧추세우고 가죽잠바를 걸쳤다.

"어이-, 어제 걸판지게 먹었다아."

"또 남아 있잖아. 그 노인네와 말이야."

"어디 앞으로는 그것뿐이것어? 이제 위장 벽에다 철갑을 휘감든지 해야지. 우리들의 축제날을 위해서."

"군말들 그만 거두고 어여 나가자."

그들은 3층 방에서 나와 여관을 총총 빠져나갔다. 골목은 어젯밤의 향연은 온데간데없이 말끔히 걷히고 밤새 가슴까지도 파고들어 불 밝히던 골목의 알전구들도 꺼지고 다시 어느 날과 똑같은 아침 거리로 눈이 부셨다.

무얼 어떻게 시작해야 하나. 아무래도 무작정 돌아다닐 게 아니라 진즉 그것부터 고민을 하고 시작해야 할 것 같다. 엊저녁 바로 이 문제로 광옥만이 빠진 채 4명이 머리를 맞대고 서로의 생각과 나름대로의 계획들을 듣고 옹골찬 줄기를 만들려는 시간을 가졌던 게다.

모처럼 만에 회의다운 모습으로 각자가 속엣말을 추려 보는 노정의 시간이었던 셈이었다.

이 일은 모두가 무엇보다도 '정보'가 빨라야 한다는 것을 민첩하게 눈치채고 있었다. 맞는 말이다. 모처럼 박수가 터져 나왔다.

한탕 정보란 또 무엇일까? 부동산인 땅, 아니면 쌀, 또 그게 아니라면 획기적인 약 장사라도? 이래저래 나온 이야기를 종합해 보면 이랬다.

그거 외에는 말 그대로 한탕에 대적할 상대가 되지 못했다. 세 가지가 장단점은 있었으나 앞으로는 시간을 갖고 알아보자고 잠정적인 결정을 보았다. 정보력으로 당길 수 있는 한탕 자본을 위해서. 그리고 가장 먼저 미팅 대상자로 그 사람으로 정하였다.

그 퇴물 선생 말이다.

우리는 교로리 바다에서 갯벌에 사는 돌장게가 펄을 다 휘저어 돌아다니듯 샅샅이 뒤졌음에도 번듯한 식당을 찾아내지 못하였다. 제기랄. 찾아본 것이 잘못이지. 워낙 구석지고 좁아터진 거기에서 분위기 좋고 음식이 깔끔하게 나오는 집을 찾기란 처음부터 글러 먹은 일이었는지도 모른다.

어떠한 필연성을 가지고 첫 대면으로 만나는 것이기에 사람 인연이 중요하듯 이미지가 그런 데서 살아왔기에 중대한 정보를 그에게서 기분 상하지 않도록 얻어 낼 요량을 계산한 터였는데.

이를 어떻게 한담? 우리는 거시기 좋지 않은 머리통들을 다시금 맞대기에 이르렀고, 누군가에게서 흘러나온 "저기 도비도 농어촌 휴양지 있잖아, 거기는 어떨까?" 하는데, 아! 그래. 번갯불이 팍, 팍 와 닿았던 거였다.

거기? 그래. 진즉에 거기까지 생각이 안 닿았나. 모든 게 가방끈 탓이잖아. 정신들 차려야지. 머리를 긁적이는 종집에게 원배가 나서 식구들을 싸안으려고 큰 소리로 웃어 버렸다.

그날 저녁 시간. 썰물 때의 물턱 부근 갯바닥에 온통 나문재가 뻘겋게 물들어서 넘어가는 저문 햇살보다 강렬하게 보였다.

우리는 교로리 슈퍼식당 뒤편에서 부동산 사무실을 꾸리고 있는 퇴물 선생을 모셔 차에 태우고, 일행은 두 대 차로 대호방조제를 내달려 갔다. 뭐 동양 최대라는 수식어가 붙어 어디선가 들은 풍문은 드라이브를 즐기려는 오렌지족들이 찾아든다는 소문의 진원지이기도 한 그곳.

서해 특유의 리아스식 해안이라 예전에 배웠건만 서해안의 구불텅구불텅한 해안 구조는 개발이라는 명목으로, 부족한 농경지를 늘리기 위한 빌미 수단으로 미화돼 마구 직선화가 뻗어 나가고 있는 형국이었다.

그래 이젠 부동산 경기도 한물 지나갔다고 했다. 앞으로는 정녕 무얼 할 거냐. 90년대 중반, 넉넉히 5년쯤 뒤면 새천년이 다시금 도래하며 모든 변화가 우리나라 땅에 찰 텐데, 청천벽력으로.

"여이, 농어촌공사도 특별구역이라 확실히 좋구나, 좋긴."

"말하면 뭐 허여. 여긴 돈 있는 놈들이 노는 특별난 곳이 아닌가."

"돈 많은 짭새들은 좋것다아. 조개를 마음껏 까발리니."

앞차에 가던 종집이는 정우 형이 팔꿈치로 툭 치며 말조심하라고 눈치를 보냈다. 그런 형에게도 회심의 미소가 살짝 어렸다.

이곳이라면야 저 양반에게는 충분히 보상이 될 듯도 싶은데 씨펄, 경비는 좀 나게 생겼지만. 우리 공금도 밑바닥 보이려는 참인데. 어떻게 되겠지 뭘.

도비도. 주차장에 들어와 차에서 내린 일행은 다들 주위를 휘돌아보았다. 늙은 선생도 이곳이 처음인 듯 둘레둘레 바삐 움직였다.

늬미럴 이렇게 좋을 수가 있나.

탁 트인 하늘 아래 오밀조밀 자리한 건물들의 화려함은 바닷가에서 빛났다. 그럴 수밖에 없는 것이 여기는 당진이고 건너는 생길포, 서산시가 아닌가.

어쨌든 이곳 휴양지 건물에 위압당한 바다는 그렇게 진을 치고 있었다. 확 풀어진 황해 바다의 멋스러운 자태를 누가 마다하랴.

도비도 작은 섬을 방조제로 연결시켜 당진과 서산의 사이에 관광 특구로 만들어 놓은 공간은 뻗어 나가야 할 원시림 갯벌이 섬 자락을 끼고 고이 잠자고 있는 것 같았다. 말 그대로 손 타지 않은 땅이랄까. 농어촌공사의 핵심, 돈 요충지라 부릴 만도 하다.

새 건물들을 다 눈요기로 돌아본 일행은, 먼저 광옥이가 선생의 팔에 손을 끼고 앞장을 서 내처 걸었다. 그들 무리 뒤편으로 아직 서편 바다 위에 떠 있던 해가 도톰한 전망대 팔각형 유리창에 번져 가던 참이었다.

잘 정돈되어 자란 잔디, 블록마다 들어선 건물들에 붙은 사치스런 각종 상호들, 언제고 어디서나 끼어드는 노점상들을 지나 그들은 저녁 바닷바람을 헤치고 걸어갔다.

오늘은 몸 건강에 좋다는 해수탕에서도 목욕 일정이 저녁 식사 후에 짜여 있다. 이 섬의 본래 이름을 따서 지어진 암반 위의 '도비도 해수탕'은 근방에선 알아주는 곳으로 명성이 자자한 터다.

우리는 '황해회관' 앞에 다다랐다.

바로 그다음 골목에는 해수탕이 인천 옐로우 하우스 모양 호황 중이었고, 1차가 우선 식당이었다.

"자, 선생님 들어가시죠."

퇴물 선생에게 원배가 권하자 그의 얼굴에 흡족한 미소가 잠시 떠올랐다 사라졌다.

식당의 실내는 넓어 보였고 창 쪽에 바다 풍경이 떡하니 그림으로 펼쳐지고 있었는데 작은 섬들이 둥둥 떠 있는 게 아닌가. 저절로 감탄사가 흘러나왔다.

실내 높은 천장에서 은은히 쏟아지는 대형의 유리구슬의 향연이 바람 따라 소리 없이 시작되고 있었다. 아, 회관다운 발상이구나.

이른 저녁 시간이라 손님은 우리 일행뿐이었다. 칸막이 시설이 없어 실내는 무척이나 넓어 보였고 곳곳에 배치돼 정렬된 화분들이 운치를 더해 줘 더 아늑하게 꾸며 주는 것이었다.

"자들, 앉으시죠. 선생님은 여기 가운데 상석으로다 앉으시구요."

우리는 바다가 환하게 보이는 명당자리를 잡아 가운데 자리에 선생을, 그 옆에는 광옥이를 앉게 하고 선생의 왼쪽 자리에 종집이를 앉게 했다.

"여긴 꽤 비싸겠는데."

"그럼이요, 어디 여부가 있겠어요?"

선생의 말에 맞장구를 치려는 듯 종집은 젓가락을 들고 이것저것 입에 넣으면서 먹는 데 신경을 쓰는 모습인데, 광옥이 미간을 찌푸린 것도 잠시 그녀도 배가 고팠는지 얼결에 젓가락을 집어 든다.

"맛이 좋구만요~."

종집의 선후평에 다들 웃었다. 음식은 미리 예약을 해 놓았기 때문에 우리가 앉을 때부터 나오던 중이었다.

앉아 있는 무리를 훑어보던 선생의 눈길이 잠시 중앙의 창가에 머무는 듯했을 때 이때다, 할 것 없이 눈치 빠른 종집이 자리에서 일어났다. 입안에 오물거리던 걸 쓰윽 넘겨 버리고서.

"예, 예. 오늘은 저희들에게 아주 귀한 손님을 소개하는 자리를 마련했습니다. 이미 보셨다시피 여기 앉아 있는 선생님이 그 주인공이십니다. 선생께서는 작년에 2세 교육의 현장이던 학교를 퇴직하시고 현재는 한적한 교로리, 아까 우리가 들른 그곳 사무실에서 사랑방을 겸한 부동산 사업을 하고 계십니다. 우리가 선생님을 모신 건 인생 선배로서 얘기를 들으려는 자리가 아니라 지금 사업을 하고 계신 이 지역의 부동산 동향에 대해서 듣고자 하는 겁니다. 바로 그 이야기, 여기 당진의 부동산의 흐름, 이런 걸 듣고 싶어서 모셨으니 부디 저녁 식사를 하면서 좋은 얘기를 많이 듣기를 바라겠습니다. 자, 선생님을 환영한다는 뜻으로 박수 한번 힘차게 쳐주십시오."

식구들 박수를 일제히 받은 선생이 자리에서 일어났다. 맞은편 자리에 앉아 있던 정우 형의 박수 소리가 제일 크게 들렸다.

"우선 여기 있는 여러분, 이렇게 초대까지 해 줘서 고맙습니다. 저는 이 지역에서 40년이 다 되도록 2세들의 교육시키는 훈장을 하다가 올봄에 퇴직을 한 권병수라 합니다. 다 오늘 초면인 듯합니다. 그래도 여하간 반갑습니다. 우리 지역이 하루 다르게 급변하고 있는 치지에서 마땅히 뭘 하겠느냐고 찾다가 고민에 이르게 되었습니다. 자, 뭘 하지? 여생을 어떻게 보낸다지? 그렇게 생각해 봤더니 아, 참 암담하기도 하데요. 우리 노인들이 활동할 수 있는 통로가 전혀 보이지 않는 것은 뭐가 잘못돼도 대단히 잘못되었구나, 선진국에 육박한다는 이 나라가 이 모양으로다가 실버 사회에 대한 정책이 원체 부재하구나, 이게 웬 말이란 말이냐. 발전이란 개발로만 달려온 사회는 각 분야가 골고루 엇비슷이 좋아진 게 아니라 꼭 영양 결핍에 걸렸구나 싶은 아차 하는 생각이 내 머리를 쳤다 이겁니다. 노인들의 노후? 그거 말하기 전에 우리나라는 시방 영양실조에 걸린 아이 처지다 이거지요. 그것도 한참이나. 제미, 이거 이렇게 이야기하면 끝이 없을 테니 우선 여기서 맛 본 셈치고 잘라야겠습니다. 슬슬 하지요. 밥도 먹어야 하고 자연 술도 나올 테니 먹어 가면서 서로 간에 대화를 나누는 것이 순리가 아닐까 그런 생각이 드네요, 어떻습니까. 여러분들~."

진짜로 멋들어진 인사를 일사천리로 내달리던 권 선생은 자리에 앉자마자 제 흥분을 가라앉히기라도 할 양으로 탁자 앞에 있던 물컵을 잡아끌었다.

실내 불빛이 밝아졌고 창변에 걸린 바깥 바다 풍경은 서서히 암갈색의 밤 빛깔로 변했다. 바다 저 멀리에 설핏 걸려 있던 섬 모습들도 어릿어릿 숨어들어 갔다.

"자, 선생님 일장 말씀도 끝나고 했으니 이제 축하의 의미로 축배를 하는 일이 남았네요. 선생님과 저희들의 유대를 돈독하기 위해 건배를 제의합니다. 자, 좋죠?"

상 위에는 그야말로 진수성찬이 넘치고 있었다. 오늘 모인 장정들 다섯 명이 해치우기에는 너무나 많은 음식. 특히 양쪽 널따란 냄비에서 보글보글 끓어 대는 푸짐한 해물잡탕의 익어 가는 냄새가 코끝에 매콤하게 매달린다. 맛있고 멋있는 즐거운 저녁 식사가 될 듯하다.

우리 팀만 있고 다른 테이블들은 텅텅 비어 있는 오붓한 시간이라 할까, 회관을 이 시간에 전세 내어 독점으로 쓰는 호강한 기분이었다.

아무리 평일 저녁 시간이라도 그렇지, 너무 손님이 없는 것이 아닌가. 그럼 여기에 있는 모든 가게들이 이렇게 쉬파리만 날린다는 것인가. 내놓으라는 돈을 선뜻 주고 들어왔을 돈병 든 인간들이 어디로 갔는가.

"맥주잔을 다 채웠겠죠? 자, 채운 술잔을 다 높이들 들어주세요."

다 함께 잔을 높이 치켜올리며 지르는 소리가 실내에 울려 퍼졌다. 초면인 권 선생도 분위기에 압도된 듯 함박웃음과 함께 좋아하는 표정이었다.

"우리 팀의 영원한 홍일섬, 예쁜이 광옥 씨가 더불어 한마디 하면 더욱이 빛날 텐데. 자, 부탁할까요?"

"오늘은 지화자~."

"자—아, 마시자! 실컷 마시자~."

종집은 억지로 눈을 떴다. 왠지 잠자리가 평상시 같지가 않아서였는데 어라, 순간 두 눈이 아프고 되게 부셨다. 창 커튼 열린 사이로 비집고 들어오는 아침 햇살에 자연 손이 얼굴을 가렸다.

도대체 어떻게… 여기까지 온 것이지? 머리가 빽빽한 게 여간 무지근하지가 않다. 천근만근 근수로 내리 누르는 것 같다.

일어난 시야에 버석 들어오는 여자의 육체가 곁에서 곤히 자고 있는 게 아닌가.

개부랄 년, 싫다고 집에나 내빼 버릴 일이지 찰싹 붙어서는… 이 일을 어째. 아직도 곁에서 곯아떨어진 광옥이의 드러난 어깨는 맨살이다. 긴 머리칼에 반쯤 가려진 어깨 살결은 새하얗게 커 가는 백도 복숭아처럼 곱기만 하다.

어이쿠. 지금 생각해 보니 막판에 우리끼리 먹었던 소주가 말썽을 피운 게 분명했다. 씨펄. 이 좋은 데 처음 왔다고 혀 꼬부라진 소리로 덜렁 나서는 정우 형도 그렇고, 원배 때문에도 그랬다.

기분 좋게 술 오른 들뜬 기분에, 더군다나 으슥하게 깊은 밤하늘 아래의 밤바다 풍경이 얼마나 가슴에 야릇하게 와 닿았겠나. 2차로 해수탕에 전원이 들어가 펄펄 끓는 바닷물에 맨몸을 푹신 담그고 피로와 숙취를 깔끔하게 씻어 내고 나온 후에 권 선생을 택시로 떠나보냈다.

그가 캄캄한 방조제 길에 타원형의 헤드라이트 불빛이 점점 사라지기가 무섭게, 대뜸 근처 어느 포장마차로 휑하니 들어갔던 터.

히야, 저 안주 푸짐해 좋고 냄새 또한 죽여주는구나. 종집이의 충동질에 젊은 피들을 가만있게 놔두질 않았다. 그러니

먹음직스런 유혹이 탐욕스럽게 각자 혓바닥에 군침이 고이 도록 자연 발동 걸리게 만들어 댔다.

너 나 할 것 없이 맥주로 술 오른 배때기 속에다가도 씨펄, 그게 마다를 않고 속속 빨리 달라며 더더욱 짹짹거리니, 작은 잔이 목줄기를 타고 쫙 훑어 내려가는 순식간에, 갈증을 풀어 주는 이 짜릿한 소주 맛 특유 성질을 싫어할 대장부는 어디에도 없으리. 죽은 듯이 가지런하게 모여 있던 척추의 신경계들이 붉은 닭 벼슬 쭈뼛거리듯 곤두서는 쾌감이 몸뚱이에 훅하고 덮쳐 왔다. 어이 죽여주는 이 낭만적인 표상! 술 아님 뭇 남자들이 한도 없이 선망하며 좋아할 쌉쌀한 이 기분을 모르리.

그리고 난 뒤 씨펄, 내 필름이 자동으로 팍! 끊어져 돌아 버린 거라. 도비도 밤바다 바람에 흠뻑 육갑, 칠갑, 팔갑 그런 다음에 철갑을 맞게스리. 안 돌아 버리고 멀쩡한 것도 사내라고 보기가 또 그렇지 않은가 말이다, 덧붙이건대.

다른 사람들은…… 어찌 되었을라나?

'에이 쌍!'

그는 침대 잠자리에서 벌떡 일어났다.

침대에서 내려가 방 창문을 가린 만발한 목단화 커튼 끝을 양손으로 잡아 확 열어젖혔다. 꽃밭에 만발하던 목단화가 열어진 순간, 꽃들과 꽃잎이 사라진 곳으로 저편에 그때까지 출렁거리던 바다가 두 팔로 밀물져 순식간에 서해 바다가 다가왔다. 거기서 펄떡거리는 고기가 금방이라도 꼬랑지를 꿈틀거리며 튀어 오를 것만 같다.

종집은 뜻하지 않은 아침 풍경에 잠시 넋을 놓은 듯했다. 이런 광경은 처음이다. 지근거리던 머리도 한결 맑아지는 느낌을 받았다.

짙푸른 아침 바다. 텔레비전에서나 볼 듯한 저 파도의 살아 있는 출렁임. 뽀얀 햇살에 물고기 비늘 모양 반닥반닥 빛나 부서지며 용트림해 대는 초겨울 아침 날 풍경. 푸른 바다 위에서 오락가락할 때마다 흰 등이 점점이 박힌 갈매기들이 날아대 한층 더 운치를 더했다.

종집은 아랫자락에 불끈 힘이 솟아오르는 걸 피부로 느꼈다. 아무리 머리가 아픈 것이 뭐가 문제가 되나. 어느 정도 가신 머리에 양손을 대고는 힘껏 힘을 줘 본다. 그랬더니 아랫녘에서 무엇이 꿈틀하고 움직여 올랐다.

'어~라.'

그의 입가에 잠시 회심의 미소가 떠올랐다.

제 머리를 숙여 밋밋한 난닝구 밑으로 힘차게 곤두선 그것이 아침 인사를 하고 있는 게 아닌가. 밤새 술 주눅에서 언제 깨어났는지 폭포수 열락을 마음껏 즐겼을 놈이 아무렇지도 않은 듯 찡그리지도 않고 아주 뻔뻔스럽게 힘을 주고 황금 투구를 내보이며 섰다.

종집이 팬티도 안 입고 잔 것을 그때서야 깨달았다.

"하하하……핫하."

방 안이 떠나가게 웃음을 터뜨린 소리와 함께 그의 팔이 자동으로 만세를 불렀다. 그것도 만세 삼창씩이나. 정말 웃기는 세상사다. 내가 그랬었니? 짬뽕 국물 맛이로다!

"왜 그래요? 무슨 일이 났어요?

아침 댓바람에 갑작스레 터져난 폭소에 화들짝 깨어난 광옥이 이불을 끌어다 앞을 가린 채로 사내에게 물었다.

가만히 바라보는 그녀도 속옷 하나 걸치지 않은 알몸이겠지, <u>흐흐흐</u>.

"그~래, 한번 봐 볼래?"

라며 확 뒤돌아서는 종집의 남성적 몸체, 그리고 오른손으로 잡은 그의 거시기가 연출되자 돼지 멱따는 카랑한 목소리가 튀어나오던 순간 광옥이의 덜 깬 눈에 불똥이 튀며 '어머나' 비명이 몸을 덮고 있던 이불을 머리까지 덮어쓴다.

"그러지 말고 자, 잘 보라니까. 이불로 가리지 말고 잘 봐. 아무도 없고 둘뿐이잖아. 어차피 이건 당신 장난감인데. 어때, 멋있지 않아?"

몸을 쭉 내밀어 뽐내는 종집의 체구가 그녀가 있는 침대 앞으로 성큼성큼, 어디쯤 갯벌 하구 갈대숲에 숨어 두 눈망울 쭉 빼고 망을 보다 나오는 방게와 너무 흡사하다. 입 주위에 거품을 부글부글 단 채로 먹이 사냥 나오는 자세였다. 그랬다.

종집이 그녀가 덮은 이불을 끌어내리자 그녀는 얼굴을 두 손으로 감싸 쥐고 외면했다.

"저리 가~."

"왜?"

"징그러~워. 저리 가. 빨랑 옷을 입든지, 빨리."

그러거나 말거나 사내의 장단지에 터럭이 시크무레 난 발걸음에는 예의 황금 투구가 무데뽀로 덜렁덜렁 항해를 나와 목표 지점을 찾고 있는 중이었다.

오히려 그녀의 말을 배반이라도 하는 양 배시시 웃음까지 흘리며 그녀에게 심볼의 위력으로 뜸들이듯 흘리는 자세 또한 가관스러웠다.

종집의 알몸 그림자는 이미 황발이 발을 크게 벌려 그녀를 덮쳐 버리고 있었다.

"야~, 이제 손 좀 내려 봐, 좀 봐 달라니까."

"저리 가. 옷을 입어 버리던지. 환한 대낮에 징그럽게 그게 뭐야. 여자 앞에서."

"히힝, 괜히 좋아하면서."

"자기~야, 아직도 술이 덜 깬 거야, 뭐야."

"흐흐흐."

이제는 애걸복걸을 한다. 아예 얼굴을 수그려 박은 채. 무릎 사이에 머리를 묻은 광옥은 여전히 방어 자세로 그를 외면하나 도통 말을 듣지 않는다.

전세를 알아차린 종집이 이제 떡 버틴 몸자세로 아랫녘 말뚝 망둥이와 함께 그녀의 육체를 공격해 냅다 채어 버리고 만다.

"엄마야~."

힘에 밀려 그녀를 가리고 있던 배춧잎이 껍질째 침대 밑으로 한 가닥 흘러내렸다.

잘 포기진 알배기 속배추는 시커먼 방게에게 간밤 농익은 동작으로 갯벌 가장자리 뻘 속 구멍에 사는 뻘선 황발이 집게발을 씩씩거리며 막아 보지만 힘으로 뭉개 가며 돌진하며 영토를 넓혀 나갔다.

이제 반항자의 눈빛은 얼마쯤 시들고 침입자는 기세등등하게 차츰 동맹자로 전세가 동등한 가담자들로 사뭇 돌변해 나가는 형국이 됐다. 황발이 수컷은 도톰한 제집 뻘 구멍을 잘 찾아들 듯 매끈한 등짝에 푸르른 윤기가 움직일 때마다 그 등어리에 땀방울이 송글송글 돋아 흘러내렸다.

"그래 어때?"

"그렇게 좋아?"

"으응, 이럴 때는 아주 오래 영원했으면 좋겠어. 나를 진짜 사랑해? 으음, 당신도 좋지? 너무 좋아."

아침녘 허기에도 아랑곳없이 진창 땀 흘려 욕망을 채운 황발이 수컷과 암컷은 제 집터를 망가뜨린 흔적이 쏟아져 들어오는 햇살에 샅샅이 드러났다. 땅속으로 뻗어 나갔던 자리가 엉망이다시피 됐다.

그러거나 말거나 뿌듯하게 정욕을 불태우고 유희를 즐긴 젊은 그들은 죽은 듯 잠시 천장을 응시했다. 봉긋한 무덤 같은 자기 젖가슴을 사내에게 맡기고, 한참 후 둘은 노근한 육체를 씻으러 목욕탕에 함께 들어갔다.

똑똑.

똑똑.

그들이 욕탕에서 나와 몸을 씻고 옷을 입고 있는데 밖에서 문 두드리는 소리가 들렸다.

그 소리를 들은 종집의 얼굴엔 묘한 웃음꽃이 한 송이 피어올랐다. 제 놈들도 여기서 잤단 말이지?

3

탐
험
길

완연한 봄은 언제나 오려는가.

구두 뒷굽이 닳아 거드럭거리던 어느 겨울날 마냥 턱없이 채여 대서 그만 뒷구석으로 밀려나고 한마디 불평도 못 하는 시절같이 주저앉아 멍들어 버린 자국이나 슬슬 만지작거리고 있는 처지는 아니려나. 혹시 길목에 오다가 목덜미 잡혀서는 뒷광에나 처박힌 건 또 아니려나. 그래서 안 오고 더디 오는 것인지도 모르지, 씨팔.

구차하게 올 듯 말 듯 하는 봄날이여, 줏대 없는 그것 냉큼 잡아 확 꺾어 버리고 싶은 욕망의 충동질이여. 움트는 세상 더디더디 오는 매정한 매운 춘삼월아, 잠이나 깨어났느냐, 가시나들 부푼 앞가슴- 그 뭉그스름하게 엎어진 국사발 가슴팍에서 봄물이 또르또르 아련하게 솟구쳐 커지면 정념의 불꽃이 이릉이릉거릴 텐데. 확 한입에 베어 물고 깨물어 주고 싶은, 이거 환장하겠구나.

여기는 신례원역.

저 바깥에서 이 시간에도 끊일 사이 없이 바람이 불어 대고 있었다. 사람도 보이지 않는 역 광장 바닥을 혀로 핥아 가듯이 질러 대는 바람 소리가 거센 것 같다. 봄바람? 아직은 이를 것이다. 3월도 마실 나가 돌아오려면 아직 코빼기 보기가 멀었는데, 싸아한 매운 겨울바람일 터다. 해토머리쯤에서나 듣는 살 파고드는 시—잉 해대는 칼바람 소리.

어디서인가. 누구네 가겟집인지 뭔 간판 철거덕거리는 소리가 이따금씩 나뒹군다.

어디가 어적 나는 건지, 잘되는 건지 장담을 할 수가 없다. 지역사회발전연구소가 기막히게 한탕 잘해야 하는데. 출발을 잘해야 하는데.

우리들 보금자리를 돈으로 말이다, 황금으로 성곽을 착착 쌓아 무너지지 않는 큰 자금을 확보하는 것이 급선무니까. 돈이 넘칠 때 우리 힘도 바깥으로 자연 출렁이는 법. 누구 하나 업신여기지 않도록 큰 성채를 건축해야 한다. 지금보다 필요한 인재도 뒤에 가서 사들이든지 영입하면 될 터이고. 우리 연구소도 다른 단체 못지않게 큰 행사를 열어 군수도 초청하고 국회의원도 불러서 우리 세 과시도 해야 되지 않겠

나. 어디어디 기관 단체장들 부르는 건 애들 부르는 것같이 예사일 테다.

여기 신례원 사무실에서 당진으로 이전하는 것도 우리가 해결해야 할 큰 과업이다.

평오는 가죽 소파에 깊숙이 묻혀 대강 그런 밑그림 그리기에 골몰하고 있었다. 손에 잡히지 않더라도 대략의 윤곽을 나름대로 그려 보는 것이다. 세밀한 황금분할적인 면밀한 기획은 내놓으라는 놈들이 하는 일을 감히 엄두가 나진 않겠지만, 그래도 우리 딴에 맞게 그림을 그려 가야 하지 않겠는가.

우리 팀원 다섯 명 중 이렇다 할 직업 없이도 살 만한 원배를 우선 제쳐 두고 직업이 없는 평오가 낮 시간에는 거지반 신례원 사무실을 지키는 편이지만 꼼꼼한 낌새가 있는 그가 자연 일을 떠맡게 된 것.

이 시대의 알량한 조류인지 유행인지는 모르겠으나 멋모르고 되바라진 권위나 명예가 함께하는 일이란 속을 들여다보면 매양 친목 단체 수준의 그것이라고 말할 수가 있겠다. 거의가 노닥거리는 일로 시간을 탕진하기 마련이고. '지역사회발전연구소'라는 간판만 달았을 뿐 이렇다 하게 지역에 대한 연구나 행사, 연구소다운 색깔을 빛나게 해 주는 회지 발행이라던가 하는 따위는 우리와는 상당히 먼 거리에 있어 요원한 일이다.

그저 십시일반 우리끼리 하는 번연한 친목 단체에 지나지 않는 것인데 거창한 이름은 뭐가 필요 있겠는가. 명색이 고향에서 무얼 할라치면 뜻보다도 외양이 늘 번드르르 해야거, "저 사람들 고향 발전을 위해 무슨 일을 하려나 보다"라고 내심들 여기면서 업신여기지 않는다는 거다.

사람들 일에는 항상 똥구멍 따라다니는 듯 쉬파리 욕심이란 게 과욕을 항용 부리기도 하지만 그건 나중 일이고 그럴듯한 이름 하나를 거창하게 꾸미는 것으로 차용을 한 것뿐이다. 그런 뒤로는 지역 사람들한테 이름이 서서히 알려지고, 눈여겨보고 고개를 끄덕거리면서 제 살이 붙듯 인식이 될 터이니까. 지역이 고유하게 그 나름대로 갖고 있는 이런 분위기는 엄청 필요하고 엄청 시간이 걸리며, 반면에 엄청 무섭기도 하다.

어디 지역 색깔이 무슨 색이든 기존의 보수적인 분위기라는 게 그냥 바람 든 풍선을 손가락으로 찔렀을 때나 터지고 난 뒤에 원위치되는 건 언제나 같다는 거 아닌가. 그러한 공식은 어쩌면 영원히 바뀌지 않을지도 모른다는 거다, 확실히. 녹색 바람의 진원지 땅에는 장본인이 정계에서 떠나지 않는 한은 깃발이 내려지지 않을 거다.

평오가 삼십 중반이 넘도록 여태껏 몸으로 경험한 바로도 너무나 그렇다. 앞 세대가 우리 세대에게 전수해 주는 암묵

적인 선물은 여전히 살기등등하게 피가 흐르며 존재해 왔다. 명색이 무슨무슨 선거 때마다 이 좁아터진 땅덩어리가 십시일반 지역별로 갈라지는 지역감정에다가, 거침없이 휘몰아치는 녹색 바람이 한 꺼풀 기승해 대는 '충청도 매서운 맛'을 한사코 무참히 꺾어 놓고는 했었다.

세상은 잘도 변해 좋은 나라를 향하여 간다는 데도 정치란 고물 보따리는 발전은 고사하고 오히려 뒷짐을 진 채 옹골맞게 변화를 외면하며 여전한 좆망둥이 권위만으로 세상을 평정하듯 휘저어 대는 구태를 보여 주는 것이랴마는….

여기 모인 식구들 모두는 명애만을 빼고, 삼십 대 중반을 훌쩍 넘겨 버린 노총각 멤버들인데 사실 정우 형은 또 우리와 한 꺼풀이 다르다. 그는 엄연히 사십 대에 가까운 헌신짝 청년이기 때문이다. 그 뜻이 어찌 전달될 수 있는 것인지는 몰라도 세상을 읽는 각도가 다르다는 판단이 서기 때문이다.

거, 농촌 사정이 해마다 좋아지기는커녕 소 뒷걸음쳐 대서 벼랑에 몰려 악화일로에 선 지가 그 언제였더냐. 이 좋다는 세상에도 농촌에서 흙 만지며 오순도순 살겠다는 여자가 없으니 결혼 적령기인 때에 남자가 장가를 간다는 일은 무릇 행운에 가까운 축복이라 여긴다. 예식장에 군수가, 혹은 국회의원이 축하를 핑계 삼아 표 관리하러 직접 오는 세상이 되었다. 그들 말을 해 볼까, 말은 천하에 미끄럽게 좋지. 두 사람의 백년가약 결혼을 진심으로 축하한다고 말이야~.

이 시점에, 남자의 나이 삼십에 와서 우린 청춘의 꽃잎 같은 숭고한 황금기라 할 수 있는 결혼을 못한다는 걸 분풀이라도 해서 짧은 인생을 만회해 보려는 계산으로 똘똘 뭉쳤던 것, 이걸 '큰 사업'이라 벌여 끌어들인 황금을 만져서라도 대리 충족을 하려는 욕심인 것처럼 남들에게 비쳐질지도 모른다. 무릇 그러하다 해도 그 욕망만큼은 절대적으로 때가 묻었거나 어떤 계산된 치밀한 계획 같은 건 처음부터 우리에겐 아주 덧없음을 밝혀 둔다.

며칠 전 도비도에서 벌인 권 선생의 초대 자리는 그러한 우리 사업의 출발점을 알리는 자리였다. 나쁘게 말하자면 고급 정보를 빼내어 우리 쪽 사업의 생산물로 만들어 내고 늘려 가고 점차 부동산의 맛을 느껴 보자는 잇속 하나 때문에 이루어진 투자라 하겠다. 좋게 말하면 초빙이나 영업 케이스라 해도 나쁘지는 않지.

무모한 일이겠거니 했던 당초의 우려도 있겠으나 설령 해 보지도 않고 미리부터 지레 걱정을 하는 것보다는 젊음이 장점인 게 뭐냐, 해 보고 나서 따져 보자는 계산으로 출발했던 일이니만큼, 작년 12월 송년회 때 미리감치 '지역사회발전연구소' 간판을 걸며 꽝꽝 못질을 하지 않았나.

평오한테 떨어진 급선무는 뭐니 뭐니 해도 팀의 계획표를 짜서 내놓는 일이다. 어찌 무엇을 하겠다는 짠한 미래상의 프로그램 말이다.

어쨌거나 군청에서 일용으로 10년이 되도록 근무한 햇수 경험이 있으니 누가 보더라도 계획서를 짜는 일이나 보고서를 어정쩡하게 만드는 일, 기획이나 기안쯤은 그물에서 놀은 그가 따 놓은 당상이라 발뺌을 하지는 않았던 터다.

늬미. 시답지 않게 덤벙거리는 객사 원배를 믿느니 지가 나은 편이었고, 자동차 정비공장에서 기름 묻혀 가며 쿵쾅거리는 종집이나 정우 형을 볼 때 시간이란 열매를 따 먹을 수가 없는 노릇이고, 그렇다고 미장원 꾸려 가며 적금통장에 딸국딸룩 우리들의 사업자금을 늘려 가는 광옥이한테 우리들의 희망을 속속들이 모두를 보여 줄 수는 없지 않은가.

걔는 속 편히 이야기해서 종집의 까이에 불과한 부속품인 것을. 제아무리 우리의 물주라 해도 말이지.

그랬으므로 대망의 지역사회발전연구소의 분홍빛 스케일은 이 몸이 감당해야 하는 일인데 알토란을 만들어 내야 할 어려움 앞에 직면한 셈이다.

"기대 이상의 욕심은 금물이야, 알겠지?"

그날 책임이 떨어졌을 때 평오는 분명히 그렇게 말했다.

"열성껏 만들어 볼게."

봄날 훈훈한 바람에 앞다퉈 툭툭 벌어질 꽃봉오리들 향연이 열리기 전에 말이다. 그때까지 어떻게 완성본을 턱하니 던져야만 하는 건데, 돈 두둑하게 벌 수 있는 게 잘되려나.

아쉬운 이런 때는 원배 놈은 코배기 하나 얼굴조차 보이지도 않는구나.

신례원 열 평 남짓한 2층 사무실에서 제아무리 아주까리 머리를 박박 짜 본들 영 젬병이다. 잘 되지가 않았다.

뭐라던가, 자금 문제, 운영 계획안, 체제 등이 거론돼야 할 성싶지만 제목만이 겉으로만 빙빙 맴 돌기가 일쑤니…. 늬미, 이러한 날을 위해 일찌감치 시답잖던 예산농전이라도 다녀 놓을 걸 그랬나, 하는 후회도 잠깐 밀려왔다. 씨펄, 지역사회발전연구소 발전 계획안이라.

A4종이에 뼈드름하게 써 본 글씨체가 그것만으로도 그럴듯하게 보인다. 학교를 졸업한 지가 언제인데 괜찮아 보인다. 연필, 볼펜을 잡아 본 지가 이거 언제였던가 싶다.

애초에 마음먹기로는 구석 편에 먼지 오른 책장에서 검은색 옥편을 더듬거려 찾아 여름 밤하늘에 수놓았던 별 모양으로 욕심껏 삐까번쩍하게 쓰고 싶었다. 地域社會發展研究所, 이 얼마나 묵지근하니 무게 있어 보이며 그럴싸하게 보이는가.

한자로 옮겨 세로쓰기로 나무간판에 새겼으니 뒤질 이유가 하등 없었다. 우리가 세로쓰기 신문과 가로쓰기 세대의 중간 점에서 모를 바가 없었다. 한문과 한글의 차이, 가로와 세로의 속성 따위들을. 그래, 내 말은 뭐니 뭐니 해도 외형이 쌈박해 보여야 주위 정서상 그럴듯하게 보이는 법이다. 속이야 남들이 알 턱이 없으니 말이다. 이름 맨 앞에는 다른 이들이 하는 것을 본떠 마크만, 우리 상징마크만 힘지게 곁들이면 오매불망, 더 할 말이 없지 않겠느냐.

그날 계획 짜는 일을 핑계 삼아 저녁 시간에도 일을 할 거라며 여섯 시가 되기 무섭게 명애에게 빨리 퇴근하라고 종용도 했다.

그녀는 제자리로 돌아가더니 책상 서랍을 열고 하얀 걸 꺼내었다. 편지 봉투였다.

무얼 하려고 저러시나. 등을 한참 구부려서는 제일 아래 칸 밑 서랍을 여는 것 같더니(거기에는 지출장부가 있음을 안 봐도 알 수 있다) 뭘 꺼낸 듯싶었고 서랍을 이내 닫는 소리와 함께 다시금 편지 봉투를 집어 들었다.

먼저 퇴근하는 게 미안해서인지 걔는 흰 봉투를 내 쪽으로 살짝 디밀어 놓고 꽁지가 빠지듯 문을 나가 버렸다. 화장기 있는 얼굴에 양 보조개가 파이면서 "저 먼저 갈게요."라며 나가는 뒷모습은 가방만 보였다. 그녀가 사라지자 평오가 봉투를 집어 그 속을 보니 거기엔 빳빳한 배추이파리가 3장 들어 있는 게 아닌가. 고년 예뻐 죽겠네, 살가운 구석도 갖고 있고 흐음.

'고년, 어린 나이에 맞지 않게 그런 구석도 있었네.'

흐흐흐. 소리 없는 웃음이 그의 입가에 번져 나갔다. 나중에 살림 제법 잘하겠네. 속살 발라당 까진 것만 살림 맛들이면.

요즘 들어 걔의 행동이 남자를 제법 내놓고 만나러 다니는 본색인데 점심시간 전 전화벨이 울리면 명애를 찾는 거였다. 하긴 그럴 때가 제일로 좋은 줄이나 알까.

그나저나 어떡한다지?

평오는 책상 위에 있던 지저분한 것을 다 치우고 아까 사 온 복사용지와 필기도구를 풀어 놓았다. 자기가 맡은 일을 하기 위해서였다. 깔끔한 마음으로 짜 볼 태세인데 언제 일이 끝이 날는지 장담을 할 수가 없다. 일주일이 갈 수도 있겠고, 마침표를 찍지 못할 수도 있겠고 모난 모퉁이를 잘 다듬어서라도 만들어야 한다.

자기 자리에 앉고 보니 눈앞에 보이는 건 일이란 놈이 뜬금없이 턱 버티고 쪼개고 있는 게 아닌가. 네 개 책상 중 한 자리를 차지하고 중차대한 계획을 엮어 보려니 마음이 어찌 부풀려지기도 하는 반면 한쪽으로는 조바심이 일어나 영 몸덩이가 굳어져 가는 느낌이니 나 원, 어쩌면 좋나.

문 쪽으로 세로로 길게 놓인 명애 책상에 얼라, 저게 뭐지? 평오는 그것에 눈이 멈추자 제법 놀란다.

어라, 장미꽃이 꽂혀 있는 꽃병이 명애 자리에 있는 거 아닌가. 창 벽에 붙은 가생이 쪽에 화들짝 놀란 양 벙글게 핀 장미 꽃송이들. 이마빡에 왕소금 붙은 멋대가리 없는 어떤 놈팽이가 사 준 건가, 아니면 지가 꽃집에서 스스로 사 온 것인가. 궁금하다.

그러고 보니까 꽃 하나 때문에 우리 사무실 안이 사뭇 다르게 느껴지는 것 같구나. 그까짓 것 꽃 하나가 뭐이라고 분위기에 죽고 사는 사람 짐승들이 많다는데 우리도 하나 키우는 셈이군.

휴우-.

의자에서 일어나 창가에 다가간 그의 눈에 큼지막한 썬팅 글자 사이로 보이는 역전에 스믈스믈 이가 기어드는 밤이 내리기 시작했다.

역전의 밤 풍경. 추억 어린 곳이기도 했다.

까까머리에 빛나던 중학교 교모가 그때로 돌아갈 수만 있다면 얼마나 좋을까. 이런 기분일 때, 아무도 알아주지 않고 혼자만의 힘으로 이겨 내야 할 때처럼 징그러운 시간을 이겨 내기 위한 수단으로 장항선을 타고서라도 어디든 휑 떠났다가 왔으면 싶다. 지나간 추억이 그런다고 되돌려지지는 않겠지만 혼자 있을 때 종종 그런 생각이 들었다. 새벽녘에 닿을 종착역 장항읍이라면 더할지라도 좋겠는데.

이 좋은 세월, 마냥 이대로만 살다가, 남은 청춘마저 보내

다가 그렇게 천천히 늙어 적셔져 맹하고 가고 말겨? 젊은이들한테 밤은 유별난 선물을 선사한다. 감정이란 낭만적인 훈장을 말이다. 비 오는 밤이나 단풍잎 떨구는 가을밤이거나 눈 내리는 겨울밤은 특히 그러하다. 매혹적인 밤에 꼼지락거리던 전갈의 발자취는 이내 청춘의 마음을 샅샅이 갉아먹고 누런 시간만 흔적으로 남기고 이미 지나가 버렸다.

측백나무 울타리가 철로 변을 막은 역사건물 중앙에 붙은 전광판에 불이 환하게 켜지고 옥상 곁 둥근 조명등에도 불이 들어왔다.

큰 기둥 네 개가 같은 폭으로 세워져 2층을 떠받친 그 건물은 1층은 대합실과 화장실, 2층에는 관리사무실, 역장실이 들어 있어 그 흔한 70년대 콘크리트 건물의 위용을 실감나게 풍기는 게 아주 우습기도 하고 이상한 반감이 아랫배가 아플 때처럼 보였다.

역 광장 위쪽에 들어선 다오라 백화점 7층 건물 사이로 이어진 역전 골목통에는 이미 울긋불긋 흩뿌려진 불빛이 봄꽃다운 기세다.

예산읍내 홍등가라 부르는 곳. 거리는 한산하게 보인다. 저녁 어둠 속에서 찬란히 빛나 보이는 밤꽃들의 무언의 풍경화가 돋보이는 시간이 지나가고 있었다. 무엇보다 개골목이라 불리는 환경 바닥에 우뚝 솟은 7층 건물이 들어선 것 자체가 읍내 사람들에게는 아이러니컬하게 입맛을 다시곤 했지만, 그게 무슨 대수랴. 그 백화점 건물의 갖가지 네온 간판에 휘황한 조명 불빛을 받는 7층 스카이라운지는 아주 달콤한 풍경 때문에 주변의 상가를 압도하는 상술에 주름살이 더 갱이질 수밖에 없다는 소문이다.

뿌웅- 뿌-웅-.

서울발 장항선 기차가 도착하려는가. 사무실 벽시계는 6시 53분을 가리키고 있었다.

여기서 내다보는 역 대합실 안 모습이 조금 전하고 달리 보이는 것 같다. 몇몇 사람들이 오가는 모습이 창을 통해 언뜻언뜻 비쳐 오고 분주한 개찰구도 그렇고. 상행선 막 기차는 아니지만 이곳 사람들이 가장 많이 이용하는 시간대의 기차로 아침 8시 때와 지금 시간 때를 꼽을 수가 있다.

서산을 넘어가 홍성을 거쳐 광천을 가고, 덕산온천 수덕사로 바람 쐬러 갈 테고, 대천 해수욕장 보령까지, 장항역까지 이유를 달고 완행열차에 몸을 실을 것이다.

따르릉 따르릉….

전화 벨소리가 울렸다. 밤이라 그런지 크게 나는 벨소리가 잡생각을 흩트려 놓고 말았다.

이 저녁에 할 일 없는 어떤 놈이 여기다 전화를… 하며 평오는 송수화기를 들었다.

"평오 건달이야? 저녁에 고생이 많아 어쩌누, 나는 술 빨고 있는데 말이지. 하긴 일하는 놈 따로 먹는 놈 따로 있는 거 아니야. 생각 있거든 이리로 와, 한잔하게. 우리 건달들 탐험 길 짜느라고 딱딱한 머리로 기름 짜내고 있을 테니 얼마나 고생하냐, 여기 올래?"

흥, 지까짓 원배 녀석이었다. 초저녁 바람인데도 녀석 혓바닥은 벌써 술기운이 묻을 대로 묻어 젖을 만큼 젖었구나.

"가기는 워딜 가. 여기서 당진까지 말야. 말한 대로 백수들 오랏줄 탐험 길을 만들어 봐야지. 머리가 나쁘니 한참 걸리더라도 시작을 해야지. 나 생각한다면 내 것까지 왕창 먹어 둬."

송수화기를 내려놓자 평오는 이마에 전구불이 들입다 켜지는 화한 느낌처럼 짚여지는 게 있었다. 백수 탐험 길이라. 바로 그것이었다. 제법 그럴싸할 것 같다. 백수들의 탐험 길. 의외로다 얻어진 건더기 몫이다. 자식, 취중에 그런 말도 해 주다니 고맙군.

3월 달도 머지않았다. 짧디짧은 토막 같은 2월 달 달력의 숫자들은 모아 봐도 한 구럭도 안 되는 말가웃 쌀과 같다. 예전에는 겨울이 끝나 가는 해동 무렵인데도 바람은 어찌나 매섭게 불던지 몰랐다.

```
서해안 탐험 길 계획

    - 올 사업 계획안

地域社會發展研究所
```

계획서의 첫 장 표지.

그렇다. 3일째 되던 밤에야 비로소 열 쪽 가까운 계획서를 만들어 낼 수가 있었던 터, 아침이 되면 명애를 시켜 인쇄소에 가 쳐서 10부 정도 우선 검은 띠지를 붙여 만들어 오라고 해야겠다.

첫날 저녁 원배의 전화 귀띔이 없었더라면 아직도 네모신 종잇장을 붙잡고 없는 심오한 뜻을 새겨 보려 낑낑대고 있었으리.

새워 보지도 않은 밤을 하얗게 지새우며 그야말로 80년대 이념화 지하서클 아이들이, 젊은 꽃잎들이 시들어 가는 모습을 흉내 내는 것 같게 며칠을 반복하며 그때의 좌경화했다는 이념 따위가 싸락눈 내리듯 평오의 머리 위로 떨어지는 걸 몸소 체험했다고 말할 수는 없다.

어쨌든 다 만들었다. 겉보리 쌀 실력으로나마 끼적거려 만들어 냈다는 포만감이 가슴에 뿌듯한 열정처럼 차올랐었다. 10장도 안 되는 거기에 '서해안 꿈틀거리는 바다와 한 해 쌀농사로 세 해를 먹고살 만한 내포 지방의 희망'을 담아 보려고 나름 이마에, 등어리에 땀나게 노력했다고 포만감이 들었다.

"아저씨~."

명애의 앳된 목소리가 선잠을 깨웠다.

"오늘도 여기서 잤어요? 대단하네요. 남자들은. 이런 데서 어떻게 잔대요, 글쎄."

정말 머리가 무거웠다. 어디 가서 눈을 더 붙이고 싶은데, 몸덩이도 그래야 풀릴 것 같다.

"저기요, 자주 가는 여관에 가서 몇 시간 눈 좀 붙이고 오세요."

"아무래도 그래야 쓰겠다. 그런데 말이야. 아까 날 깨울 때 날 보고 아저씨라고 불렀지? 거, 아저씨는 싫고 그냥 이름을 불러라. 아니면 '평오 오빠'라 하든지, 알았지?"

다들 모여 있었다. 지역사회발전연구소 식구들이. 사무실 문을 연 순간 거기 와 있던 모든 얼굴의 눈길이 평오한테 모아졌다. 진짜 미장원 광옥 씨까지 다 모였다.

"오, 이제야 오는구만."

평오도 자리에 앉자 계획서를 넘겨보던 종집이 그를 반겼다.

"확실히 우리보다는 나아. 훨씬 말야."

"고생했다 야. 어떻게 이런 생각까지 다 했어? 굉장해."

"이렇게 좋은 게 튀어 나올 줄은 미처 몰랐다 야."

정우 형까지 싱글벙글 좋아하는 걸 보니 내심 그도 마음이 한결 가벼워졌다. 바로 앞에 광옥 씨가 앉아 있었다. 잠깐 눈이 마주친 그녀가

"자금만 대면 되겠네요. 이젠."

하며 미소를 지었다.

"김 양, 이거, 다 만든 거니? 한 10부 만들었구?"

"인쇄소에 가서 치고요, 20부 만들었네요."

자기 자리에 앉아 잡지를 넘기던 명애가 다가와 자랑스레 말했다.

"잘했다. 난 와서 시킬 참이었는데."

"어떻게 할까. 오늘 저녁에 모일까, 내일 모일까."

"며칠 밤새우며 있는 머리 없는 머리 쥐어짜 내 고생했는데 몸 풀리거들랑 하자."

평오는 봄이 오기 전에 계획한 답사를 끝내고 싶었다. 서해안 쪽, 그러니까 서산, 태안, 홍성, 예산 등의 내포지방에 대한 기초조사를 해 놓아야 더 세부적인 계획들이 진척될 수 있기 때문에 당진의 쌀이나 갯벌만을 가지고 딱 벌어지게 '이거다' 하고 내세울 수가 없었던 탓이었기에 그랬다.

당진쌀만 해도 이곳서만 우리끼리 그렇다고 하지 서울에

서는 왕한테 진상미로 쓰였다는 여주쌀한테 작신 밀리는 형편이 아니던가. 이건 여기가 전국 쌀 생산이 단위 면적당 최고의 생산량을 몇 년씩 석권한다 해도 도시 소비자들 인식이 바뀌지 않는 게 문제다. 애걸복걸 농민을 잡아 1등을 한들 쌀 판매량이 늘어날 수가 없으며 실질적으로 농사꾼에게 돌아오는 것이 없기 때문이기도 하지 않은가.

뭐니 뭐니 해도 쟁점은 사람들이 갖고 있는 편견이라는 적인데, 그게 쉽사리 고쳐지지 않는다는데 고질적인 벽이 있으니 홍보를 통해 싹 바꿔 놔야 한다. 그것도 텔레비전 광고를 통해 고스톱 판에서 싸그리 긁듯 물량 홍보를 펴야 서울 여론에 샴푸 거품이 일어날 것이기에. 지금 사람들의 생활을 돋보기를 들고 관찰해 보면 생활 모습이 기가 막히게 빠르게 변화하고 있다는 데 포인트를 둬야 할 것 같고, 더 생각해 보면 꼬리가 보이지 않듯 안개에 묻혀 오리무중인 거다.

"여차저차 이유를 들면 맨날 뒤로 미뤄지니까 한번 마음먹은 청춘의 결과물을 만들어 보자는 거야. 우리들 장래를 위해서 말야. 좋은 세월 둥둥 미련하게 떠나보내지 말고."

"이해는 십분 가. 그렇지만…."

자금이 문제가 될 것이라는데 종집이 멈칫거리는 것 같았다. 알아. 그걸 모르는 바가 아니지. 첫술부터 배부르게 불티나게 삐까번쩍할 수가 있겠나.

우린 내가 판단해 보기에 충분히 해 볼 수가 있다고 믿어져. 달걀을 바윗돌에 치는 우매한 일이 아니라 삼수갑산 물로 어언 세월 바위에 물구멍을 뚫을 수 있는 젊음이 있기에 가능한 판단이 선다 이거야.

"자금 걱정할 것 없어. 긴축재정을 해야지. 우리 차 두 대 있잖아. 그거 굴리고, 답사 기간 동안 잠은 차 안이든지 아님 5일치 숙박비에서 쓰든지. 눈이나 비가 안 오면 차에서 잘 각오를 해야지. 가령 그런 계획도 막판엔 생각해 봐야 해."

"진짜로 그거면 될 성싶나."

"비자금 같은 거 걱정해? 그런 건 일도 착수 안 했으니 필요치도 않아. 그건 진짜 막후에 로비할 때 쓰는 거잖아."

"그래. 이따 저녁에 모여 머리 맞대 보자. 늬미럴 일터에도 가 봐야 하고. 평오야, 진짜로 고생했어. 이따 술 하자."

그들은 "저녁에 보자" 하고 명애와 평오를 남기고 당진으로 넘어갔다. 원배도 이따 온다며 뒤를 따라가 버렸다.

그날 밤. 거짓말처럼 속절없이 눈이 내렸다. 저녁때 하늘이 어두워지기 시작하며 흩뿌리던 눈발이 서서히 푸짐하게 땅으로 쏟아졌다.

명애가 발을 구르며 좋아하는 표정에서 사무실에 모인 식구들은 대뜸 알아차렸다. 밤 풍경이 멋들어지게 변할까, 어쩔까.

눈이 내려요, 눈이. 서해안 탐험 길 사업 계획을 평오한테 듣는 사이에도 명애의 목소리는 거리낌 없이 한 옥타브 높아졌다가 또르르 내려왔다.

우리 중의 광옥 씨도 덩달아 창가로 가서 내려오는 눈발을 말없이 감상하는데 "다 큰 여자가 무슨 감상이 있다고 밖을 내다봐, 내다보길."이라며 종집이가 퉁세를 폈다.

"야, 언간히 쌓일라나 봐." 눈 쌓이면 제일 걱정이 차를 운전하는 일이라며 정우 형은 종집이만큼 운전에서 이력이 덜하니 걱정인 투다.

"자자, 우리 좀 쉬었다가 하자."

"그래, 오랜만에 눈도 오고 그러는데 마른 감정도 살아나네. 김 양아, 우리 커피 한 잔씩 마시면 어떨까~."

역시 감정에 호소하는 정우 형은 그냥은 못 넘어가겠는지 눈과 커피를 짠하게 연결 지었다.

커피 한 잔에 눈과,
커피 한 잔에 애인과,
한 모금의 사랑을 애태우며 기다리는
한 남자의 비련한 쓸쓸함이여!
남모르는 슬픈 옛 사랑을

그대는 아실나는지요,

혹여, 이 진실이나마 아시는지요.

키 큰형의 멋대가리 없는 낭송이 끝나자 명애가 아이고 땜, 하며 웃겨 죽겠단다.

어즈버 이를 어찌하란 말이냐. 그렇게 유치하기도 한, 낭송자의 목소리가 전혀 아니올시다여서 그런 건지 배를 움켜쥐고 간드러지게 웃는 명애. 커피를 타다 말고 터진 웃음에 일순 눈 이야기 멋이 다 날아가 버렸다.

펑펑 오시는 눈발은 아니었으나 순간이나마 그들은 웃을 수 있어서 좋았다. 훌쩍거리며 눈 부딪치며 마시는 커피 맛이란 먹어 본 사람만이 아는 것인 양 이 중요한 날에 그들이 그랬다. 아무리 멋이라곤 없어도 이런 날쯤은 유쾌한 웃음이 삶에 힘이 되는 법.

"오빠, 다시 한 번 낭송해 줄 수 있어요?"

광옥이 종이컵을 손에 든 채 은근히 떠본다. 다시 해 보라고 말이다. 으진 놀려 대는 심사가 붙어 있는 것 같다. 그녀의 눈빛을 보면.

"그만둬. 어디 그게 시 나부랭이야, 낙서지 낙서."

"낙서요? 낙서라도 그렇게 들으니까 마른 가슴에 불붙이는 힘도 있는 게 좋으네요. 거 뭐더라, 박인환이 시처럼."

"아, 정말입니까?"

"그래요. 이따가 해 드리죠. 분위기 있는 술집에서 술 먹을 때 레파토리를 확 바꿔서 다른 걸로요."

그날 저녁 탐험 길 계획 설명은 늦가을 날 감나무 가지에 따다 남은 홍시를 따 내리듯 평오가 조곤조곤 호기심을 풀어 가듯 식구들에게 설명했다. 이런 일이 생시 처음이라 그런가, 늙어 터진 멤버들은 자못 무슨 수강생 같아 보이기도 했다. 종집, 원배, 정우 형과 한 여자 광옥이, 명애까지도 그야말로 뜬금 있는 일로 진지하게 다. 개나리, 진달래, 산수유, 목련…… 봄꽃들이 흘러갔다.

그리고 수선화까지 물오른 꽃봉오리들이 봉긋봉긋 꽃잎을 터트릴 봄날에 이슬 맺힌 표정으로 귀 기울였다. 밖엔 눈은 얼마나 왔는지 그쳤는지도 모르겠고 시간이 흘러갔다.

푸 으하하하. 눈 오는 밤하늘에 퍼지는 원배의 웃음소리.

어떤 대장의 신열(身熱)에 가까운 그런 웃음소리였다. 사그락사그락 내리던 눈이 화들짝 놀라 주춤 뒤로 물러날 것 같은. 역 광장을 가로질러 오르는 한 무더기는 마침 황금 무지개를 찾아 나선 중앙아시아의 떠돌이 유목민들처럼 역 광장을 가로지르는 흔적으로 남기며 움직이고 있었다. 잠시 후 또르르 달려가 합세하는 점 하나. 사무실 불을 끄고 문 잠그고 맨 뒤에 나온 명애였다.

머리 위에 내리는 눈발이 푸짐한 부자가 될 것 같은 행복감을 선사하는 것 같았다. 겨울을 겨울답게 치장해 주는 눈인가.

그들은 불빛이 불야성을 이루는 역전 골목길로 들어섰다. 다오라 백화점을 지나 오른쪽 첫 샛길에서 꼬부라져 꺾으면 바로 들어가는 돔 모양의 '캡틴'이 보인다.

노란 바탕에 빨간색으로 정열적인 흘림체가 만취한 난봉꾼처럼 반원형의 중심부에 상호 두 글자가 찍혀 있다. 캡틴. 그들은 눈을 털어 내며 무지개 동굴 속으로 빨려 들어갔다.

그날 밤엔 뭐니 뭐니 해도 주인공은 당연 정우 형이었다.

하, 그 형이 그런 진면목을 가지고 있었다니 새삼스럽게 다시 보였던 것이다. 김추자 저리 가라 할 정도로 현란한 오색 조명을 받으면서도 광기 서린 몸동작 하나하나가 가수 그녀에게 목도장 꼭 찍듯 닮아 종집이나 원배, 평오 할 것 없이 그한테 빠져들었다.

사랑한다고 말할걸 그랬지
님이 아니면 못산다 할 것을
사랑한다고 말할걸 그랬지
망설이다가 가 버린 사랑
마음 주고 눈물 주고 꿈도 주고

멀어져 갔네 님은 먼 곳에
영원히 먼 곳에 망설이다가
님은 먼 곳에─.

그렇게 가 버린 사랑이던가, '님은 먼 곳에'가. 요즘 노래 창법과는 전혀 다르게 상반되는 아우라가 폭발 직전의 다이너마이트로 내재된, 그 절규의 목소리가 듣는 이들의 가슴팍을 마구 뜯어 내렸었다.

바로 김추자의 재탄생을 알리는 정우 형의 리사이틀 독무대나 다름없었다. 하이, 기막히게 불러 젖힌 '월남에서 돌아온 김 상사'나 '봄비' 또 '늦기 전에'가 그랬다. 알고 보니 김추자 통이었다.

후속곡으로 나온 원배 녀석의 '동백 아가씨'는 또 어땠나. 그 애절한 가사가 심금을 울려 가슴을 도려낸 자리에 술로 들입다 마신 맥주들. 하여튼 그날 밤은 의미심장한 날을 기념이나 하듯 두 여자와 번갈아 브루스까지 추면서 우리들의 뜻을 동백꽃 아가씨처럼 동백꽃잎에다가 철필로 아로새긴 날이 됐다.

명애는 일찍 나와 있었다. 평오가 들어섰을 때 사무실 안은 깔끔하게 청소까지 끝나 있었다.

"명애야, 너 속 괜찮니?"

"전 괜찮은데 많이 아프죠? 아침은요?"

전화기에 손이 가며 그녀는 평오를 올려다본다. 아침 안 먹었으면 해장국을 시키겠다는 눈치였다.

너, 어디서 외박한 게로구나. 어디서 잤나 밥도 안 먹고 오고. 그리 말하려다가 짐짓 꺾어 버리고,

"그래. 오늘은 못 참겠다. 오지게 마신 술이 영 그렇다 야. 시켜서 먹자."

라고 하자, "콩나물 해장국이요?" 하고 되물어 온다.

"그래."

평오는 자기 책상 앞으로 가서 앉았다. 책상에는 오늘치 신문이 가지런히 놓여 있다. 신문을 미뤄 두고 담배부터 찾았다. 한 모금 깊게 빨아들인 담배 연기가 목구멍을 타고 쑥 내려가다 훅, 하고 뒤로 돌아선다. 평오는 이내 연기를 내뿜고 말았다. 미식거린 속이 아직 제 기능을 못 하는구나. 공중에 뜬 담배 연기가 흐지부지 흩어졌다. 평오는 담배를 재떨이에 끄고 만다.

……탐험 길이라. 장항선 기차로 내포지방이라 일컫는 서산, 해미, 홍성, 광천, 덕산, 대천 등지를 두루 탐험하는 3월 달 나그네 길이 앞에서 기다리고 있다. 태안 안면도까지. 탐험이란 본시 그 흔해 터진 '기행'의 또 다른 말이 아니던가.

대단히 유구한 서해안 땅에 대한 역사와 맛 좋다는 쌀의 내력을 훑어보고, 바다 갯벌에서의 소득 내용, 또 바다의 가능성, 각 지역마다 분포된 문화 특색, 고유한 지역문화의 파악, 지역 특산물 수집 등이 이번 탐험 길에 해야 할 중요한 일거리다.

　그리고 뭐니 뭐니 해도 지리적인 파악을 잘해 놔야만 장항선 일대를 좌악 섭렵하게 되는 것이다. 오늘도 유유히 역 근처에 살붙이며 도사리고 있을 주먹 쓰는 세대도 물색해 알아 놓을 사항이고. 하자면 할 일이 뻔질나게 늘겠지만 우선 이런 것부터 해 둬야 한갓진 터.

　머리는 지끈지끈거려 무거우니 대체 언제 깨어날는지 모르겠다. 의자 뒤로 고개를 젖혀 보는 평오는 머리를 올렸다 내렸다를 여러 번 반복했다. 그걸 보며 명애가 가만있지 않았다.

　"그렇게 하면 좀 나아져요?"

　"나도 몰라. 그냥 해 보는 거야."

　"건데, 너는 간밤에 어디서 잤냐."

　"요 근방에 여자 친구네요."

　명애는 당돌하게 대답했다. 새벽 두 시가 다 되어 끝났을 터인데 여자애가 어렵지 않게 잠을 잘 곳이 있다니 얼마나 신기한 건가. 세상만사가 별천지로 오직 그 하나 별, 황금만 손에 냉큼 있다면 얼굴이 못생겼든, 권력이 없든 그 무엇이든지 다 만들어 가질 수 있는 세상이다. 그깟 몸 하나 흠집이 난다고 뭐라 여기는 것도 아니니 제 몸에 자신이 있다면 각선미를 이용하는 수법도 만만찮게 늘어 가는 시국이 아닌가.

"해장국 왔습니다."

소리와 함께 문 열고 들어오는 배달원 청년. 명애는 벌떡 일어나 앉은뱅이 탁자에다 신문지를 깔았다. 여기다 놓으세요. 철밥통에서 나온 콩나물 해장국 그릇 위로 김이 모락모락 온천탕 물 연기처럼 올라갔다.

"오빠─. 빨리 오세요."

"그래, 빨리 먹고서 준비할 것, 챙길 것 하자 야."

그래, 그게 맞을지도 몰라. 뜨거운 콩나물 해장국에다 밥 말아 먹으면서 '불쑥' 그거 같다는 게 떠오른다. 딴따라 세상, 그거 말이다. 여자 남자 앉아서 부대낀 속을 풀려 후룩후룩 먹고 있는데 시방 명애도 뜨겁다 하면서도 자알 먹어 댔다. 그럼 잘 먹는 게 부자다 부자여.

뽀르둥 벌린 입술로 쑥쑥 빨아들이는 콩나물 대가리의 맛이란 어디에다가 비길 것이냐. 평오도 줄기차게 밥 숟가락질을 하며 공복의 허기를 채웠다.

청춘이란 몇 끼 굶어도 된다 하건만 그건 쓸데없는 자만심에서 비롯된 말들이 아닐까 싶다. 어디 한 끼니를 굶고 일을 할 수가 있겠는가. 둘은 잘들 퍼 넣고 있었다.

"잘들 먹고 있구나 야."

거지반 먹고 투가리를 들어 남은 국물을 마실 쯤 해서 종 집과 원배가 쑥 들이닥쳤다. 명애는 이미 젓가락을 놓은 뒤였다.

"내일 몇 시에 출발하지?"

"한 시경인데."

"준비할 시간은 아직 있네."

"서울서 내려오는 장항선 도착 시간을 맞춘 거야. 여기 신례원에 12시 53분쯤 되잖아? 여기서 합덕, 신평, 기지시 다음이 당진역이잖아. 열차와 같은 코스로 뺑 돌아보는 게지 뭘. 운산, 서산, 해미, 홍성, 광천, 대천 식으로다가. 뒤집어 올 때는 광천, 홍성, 삽교, 덕산도 끼고 예산, 신례원, 합덕, 기지시, 당진역에서 내리면 되는 것이고. 이게 바로 내포지방 탐험 길 코스야. 참 태안 안면도도 끼고 말야."

건데 얼마나 걸리겠냐? 지릅 눈을 크게 뜬 종집이 물어온 말이었다.

"4일? 길게는 6일 정도. 더 길게 잡아 볼까?"

평오는 나무젓가락을 빈 그릇에 얹어 놓고 은근짜로 종집을 건너보며 의중을 살펴본다.

"아냐, 됐어. 그 정도라…."

그쯤이면 100만 원이면 떡을 칠 것이 수표 한 장으로 끝내려는 계산이다. 제 사람 지갑에서 나오는 자금인 걸.

"기차에 탐험이라…… 좋다. 어디 바깥세상 바람이나 실컷 쏘여 보자구."

그런데, 그런데 그다음 날. 문제가 생겼다.

출발하는 시간은 이미 잡혔는데 어라, 눈떴다 하니 들리는 소리가 불청객 아침 황사라…… 참으로 난감한 노릇이었다.

지에미 씨팔 좆두. 되레 이렇게끔 욕부터 괄게 튀어나오는 건 어쩌지 못할 수밖에. 다들 허파에 바람이 든 것처럼, 달뜬 계집애 모양으로 마음이 붕붕 떠 있는데, 작정하고 훼방을 놓는 꼴이 뭐라나, 별꼴.

우리들 원대한 계획이 앞으로 뻗어 나갈 서해안 내포지방의 탐험 길을 방해 놓는 저 잡것들! 예전 봄 오는 해토 길목에는 으레 앙가슴을 작신 밟아 놓고 시퍼렇게 멍든 뒤 찾아온다는 못난 위인 격인 방해자여-.

자연 현상이긴 하나 예상치 못한 평오의 실수는 아니지만 어쩐지 처음부터 일이 꼬이려고 그러는지 기분이 상한 건 속일 수 없는 사실이기도 했다.

종집은 거칠게 쏘아붙였고 거시기 원배도 그러기는 마찬가지였다. 계획안을 만든 평오도 3일째 전국을 뒤덮고 있던 황사에 몸살을 앓아 댈 때 신경이 부글부글 끓어올라 지근거렸고, 그렇다고 우리들 봄나들이가 어찌 무산될 수 있으랴.

"이래 갖고는 휭하니 못 떠나겠지? 그리고 빵구 나는 건 아닐 테구."

걱정도 팔자랬다. 그렇게 황사 속 탐험 길을 걱정해 온 이는 다름 아닌 자문역 권 선생. 3일째 뿌연 황사가 하늘을 도배해 도무지 걷힐 것 같지 않은 정오 무렵에 울린 전화벨 소리.

"아무렴요, 걷히면 떠나야죠."

우리들의 꼰대 종집은 하여간 털부숭이 명애만큼 안달복달하는 행동에서도 주둥이에선 연신 욕이 튀어나왔다. 소위 기름밥 먹고 있는 티를 내자는 건지 욕이라 생긴 건 껄쩍지근하게, 두툼한 입술에서 기름지게 미끌어 나왔던 것.

이야, 너 여기가 작업장인 줄 아나 본데. 엄벙덤벙 알짜 정우 형이 그렇게 물텀뱅이라 별무 약이 되진 못했다. 하루 이틀이어야지 이거. 왜 우리 사업을 원천적으로다 방해를 부리는 거야, 씨팔 좆두. 알다가도 모를 일이네. 젬병 할, 참말 염장 지르고 있네.

다된 봄 판국에 이게 웬 방해물이라나.

그렇게 황사가 끝나 가길 고대하며 기다렸다. 흙먼지 바람이 싸그리 지나가길 기다릴 수밖에 없었다.

이 서해안은 봄만 되면 그렇다. 아니다, 정확하게 말한다면 봄을 맞는 축제 같은, 그래서 꼭 치러 내야 하는 홍역과 같은 증세를 갖고 있다. 마치 손버릇 고약한 치한이 감옥에서 만기 복역 후에 깨끗이 손 털고 교도소 문을 나섰을 때 맞닥뜨린 아침 안개랄까. 오살 맞게 부대끼게 될 뿌연 막막함.

하여튼 바람은 지지배 치마 모양 뿌연 모래바람은 연일 읍내권까지 그 치맛자락으로 흠씬 휘감아 너울거리며 도무지 떠나갈 줄을 몰랐다.

덜컹 넘어지면 한치 앞의 역사 건물도 보이지 않을 만큼 희뿌연한 안개. 온통 망각의 늪이 사방에 허다하게 주둔한 바닷가 해무 같기도 했다. 간혹 기차가 오고 가는 시간에 땅을 흔드는 것과 함께 기차 경적 소리가 사무실 창을 벌레처럼 넘어올 뿐. 식구들은 하나같이 제풀에 꺾인 얼굴빛으로 희망이 없어 보였다.

"젠장. 언제나 끝나게 되는 것이냐."

결국에는 꽃피는 시절로 이 계획을 미룰 수밖에 없는 것인가. 못 내키는 마음이야 이루 다 말할 수 없는 노릇이다.

다음 날 아침. 간절하게도 원하던 신례원 황사 세상은 감쪽같이 말끔하게 물러났다. 다들 기다리던 일. 야이 호~, 사흘만이로구나. 모처럼 만에 보는 하늘이 오늘은 더욱 푸르렀다.

소파에서 몸을 구부리고 뒤척이다 늦잠에 들었던 원배가 담요를 빠져나와 사무실에서 내다보는 역 광장도 예전 모습 대로 되돌아와 벌써 분주한 발걸음들이 빠르게 오가고 있었 다. 내다보는 원배의 충혈된 눈에도 그건 확실히 환하게 다 가왔다.

원배 얼굴에 잠시 미소가 어렸다. 그러면 그렇지. 진즉에 좀 이랬으면 어디가 덧나냐.

그는 엊저녁에 집으로 돌아가지 않고 이곳 사무실에서 혼 자 잠을 청했던 거였다. 다들 집으로 가는데 오죽이나 마음 이 초조했으면 무데뽀 고집을 부려 그랬을까나. 소파에 누워 담요를 덮고서도 쉽게 잠을 잘 수가 없었다. 이제 불타오르 기 시작한 우리들의 희미한 희망 하나, 젊은 희망 하나가 뜻 대로 이뤄지길 바라는 욕심이 컸기 때문이다.

지난 세월을 돌이켜 보면 눈물이 찔끔 나도록 후회스럽고 다시는 백수 같은 부평초가 되고 싶지 않았다. 여건만 주어 진다면 그간 삐딱한 삶을 바로잡고 새 출발을 하고 싶었다. 학교 다닐 때와 사회생활이 전혀 다른 방식이 원배의 가슴팍 에 어디서 날아온 건지도 모르는 비수가 꽂혀 들었다. 누구 나가 잘 먹고 잘 살기를 갈망하는 희망은 원배에게도 엄연히 있어 왔다. 돈이 있어야 하고, 빽이 있어야 하고, 권력이 있 어야 하는 사회에서 힘없는 가난한 사람들이 숨을 쉬기에는 너무 힘들었다. 돈이 없는 서러움 때문에 원배는 취직도 못했고 닥쳐 온 결혼 적령기도 놓쳐서 황황하게 펄럭거리는 부나비가 되어 40줄이 바로 코앞인 신세다.

이제는 끝내야지, 혼자서 속울음을 울던, 나만 보면 울화통이 터진다는 늙은 어머니-"이놈아 친구들 손주는 중학교에 다닌다. 이놈아-"를 위하여 어여 끝장을 내고 말아야지.

이랬으니까 원배인들 잠이 올 수가 없었다.

역사 건물 위로 붉은 해가 떠오르기 시작했다. 솟아오르는 그것은 붉은 기운을 뽐내기라도 하듯 역 주변 건물들이나 나무, 광고탑과 간판, 7층 다오라 백화점의 벽면이나 홍등가 골목을 물들이며 새로이 밝았다고 알렸다.

"따르릉."

명애 자리에서 전화벨이 울렸다. 원배는 전화를 건 게 누군지 알 것처럼 송수화기를 들었다.

예상대로 종집의 목소리가 수화기 속에서 튀어나왔다.

"오늘은 날이 너무 좋다~. 중국 황사 말여, 그놈이 속 썩이다 아주 감쪽같게 사라져 버렸으니."

"나도 봤어. 참 다행이지 뭐야. 오늘은 출발들 하자구."

"그럼 여부가 있나."

"해장국이나 먹어 둬. 나도 정비공장에 다녀서 곧 갈게."

혼자 나가서 아침밥을 때우고 사무실로 들어서니

"아침밥 먹고 오세요, 오빠?"

라며 명애가 고무장갑을 끼고 청소를 하다 원배를 맞는다.

"여기서 잔 보람이 있네요. 그죠?"

"너도 그렇게 생각하면 고마운 일이구. 어디 전화 온 데는 없고?"

"없어요."

원배는 가죽잠바를 더듬어 담배부터 찾아 물었다. 그러고는 책상 위에 있던 '서해안 탐험 길 계획서'를 집었다.

서해안 탐험 길 계획

* 행선지 일정-전원 기차 이용

신례원-합덕-신평-기지시-당진-운산-서산-해미-남당(홍성)-홍성-광천-보령역

보령-광천-홍성-덕산온천-삽교(예산)-신례원-합덕-기지시-당진-교로리

– 당진화력, 한보철강 지구 답사 필요

* 출발 시간 – 오전 12시 53분 서울발 장항선 완행열차 승차, 서산역에서 하차

간월도 – 직행버스 이용

＊세부 사항

1. 서산 – 천수만 쌀, 철새, 간월도 어리굴젓 자료

2. 홍성 남당 – 대하축제, 주변 상가 조사, 천수만 관광자원 이용도 파악

3. 광천 – 명물 김, 새우젓 자료 수집

4. 보령 – 해수욕장 자원 이용 실태, 머드축제

5. 덕산 – 온천 개발계획, 보부상 역사 파악, 온천욕 겸 휴식

6. 예산 – 명품 사과 판로 과정

7. 각 시군의 쌀 생산, 판로, 홍보 대책, 서해안시대 대비 관광 계획 파악

＊토의 사항 – 로비 매수 건(군청), 자금 문제, 운영 방안 등

"어여, 일찍들 오는군."

"오늘은 일찍들 오네요."

야호-. 사무실로 들어서는 종집과 정우 형, 평오에게 명애가 모처럼 어린아이같이 싱글벙글 좋아한다.

청소를 끝마친 명애가 빗자루와 젖은 수건을 구석으로 치우고 손에 끼워져 있던 고무장갑까지 벗어서 걸었다. 이제 벽에 걸린 작은 거울 앞에서 자신의 얼굴을 흘깃흘깃 쳐다보

다가 뒤돌아섰다.

"커피 한 잔씩 드릴까요? 원배 오빠는 빼고."

"왜 빼냐."

"명애가 쟤만 싫어하나 봐."

"그런가."

"별소리 다한다. 난 아까 먹었단 말이야."

오늘은 모처럼 사무실 분위기가 좋았다. 벌써 봄꽃이 봉오리를 핀 것같이.

"저기야, 빼놓지 말고 다 타라. 두 번 먹는다고 어디 덧난다니."

종집이 거드럭거리며 한 소리다.

"그려. 한데 먹자, 명자야."

이건 정우 형의 팔이 안으로 굽는 소리.

"의향이 그러신데 드려야지."

뒤에서 연구소의 뒷바라지 자본을 책임지고 있는 물주 광옥 씨는 피차가 알고 있다시피 이번 탐험 길에는 처음부터 동행을 하지 못하게 되었다.

아쉬운 일이었지만 끈끈한 동지애를 잃지 않기 위해 덕산 온천에서 미팅을 해 미용실 김 사장은 거기서 만나기로 계획이 잡혀 있었다. 어찌 보면 실질적인 경영주의 막강한 힘은 종집이한테 있지만 그를 뒤켠에서 휘어잡고 있는 것은 그녀가 아닌가. 우선 사업이 번창하기만을 노력해야 하고 이 탐사 길에서 무엇인가가 모색이 되고 얻어져야만 한다. 이 결과물이 나왔을 때 권 자문역의 역할에도 평오는 내심 기대를 걸고 있기도 했다.

'사업이란 너희들 같은 부류가 하는 게 아니다'라는 통설을 뒤집어 콧대를 묵사발 내고 싶었던 욕망이 가슴 밑바닥에서 고여 있기 때문에.

시대에 덜 떨어진 일인 것쯤 평오도 잘 알고 있었다. 이 거세게 변화하는 시대에는 '상품'만 살아남는다는 논리쯤은 넉넉한 자본의 풍요로움 속에 빈곤은 아이템 코드가 약해 자연 쓰러지는 법이니까.

성장 제일주의. 개발된 상품이 효자 노릇을 톡톡히 하려면 거 재벌들 사업이지만 중국 땅에서도 일본 제품보다 앞장서 휩쓸고 있다는 '핸드폰'쯤은 돼야만 여실이 살아남을 수 있고 돈을 축적할 수가 있으리라. 무에서 유를 창조하는 일, 푼돈으로 자본을 만드는 일, 백수들이 사업을 성공하는 일 등이 그렇다. 명제는 '핸드폰'에 버금가는 사업을 찾아라, 바로 그거였다.

그래서 바쁜 것은 평오.

탐험 길 일행들의 처음부터 끝까지를 책임져야 하고 조사 때 필요한 것이 빠진 것이 없나 챙겨야 하는 일은 책임이 따르는 일이라 소홀하게 넘길 수가 없다. 더구나 식구 중에서 가방 끈이 제일 길고 소위 엘리트 집단이란 군청 밥을 10년이 다 되게 먹어 본 노릇에 누가 할 사람이 없음을 잘 알고 있던 터.

　우리 일행은 기차에 올라탔다. 마치 초등학교 아이들이 소풍을 가는 두근거리는 마음을 품고 탐험 길 장정을 가는 나그네가 됐다.

　잠시 멈췄던 장항행 기차는 역 구내를 서서히 빠져나가기 시작했다. 서울서 출발한 완행열차는 신례원에서 몇몇이 내리고 몇몇 남은 손님들과 우리 팀원들을 데리고 아랫녘을 향해 내닫기 시작했다. 신례원 역전 플랫폼을 지나 측백나무 울타리를 빠져나간 열차는 완만한 우회전 방향을 틀어 대어 철로를 따라 속도를 높여 갔다.

　많지 않은 여행객들이 듬성듬성 자리를 차지했지만 탐사 길에 다섯 명의 일행이 마주 보며 자리한 것이 대견스런 여행의 시작이었다.

　신례원을 벗어나 소들 강문도 스쳐 합덕역을 향하는 철로 양켠 야산 산자락 밑으로 집들이 듬성듬성 보이고 마을로 들어가는 포장길에 자동차도 눈에 띈다. 텅 빈 들판이 펼쳐지고, 들길들이 실핏줄 모양 끝도 없이 뻗어 나가고 있었다.

어제까지만 해도 우리에게 천벌이나 내릴 듯이 아주 곱지 않던 황사로 북북 앓아 대던 하늘은 아픈 병을 말끔히 씻어 내고 아예 잊은 모습으로 푸르고도 줄곧 하늘은 높았다.

예전 이쯤의 들판에는 가을걷이가 끝난 뒤 생겨난 큰 짚누리가 무슨 성이나 예술품같이 무리 지어 산재했는데 허허벌판의 들녘은 너무도 가난하게 보이는 것은 왜 이러한가.

덜커덩 덜커덩.

서해안 장항선을 기어가는 덜떨어진 소리는 아무래도 여름 장마철이 돌아오면 갯벌 위에 나와 일광욕을 하는 황발이 떼를 얼핏 떠오르게 만든다. 저마다 제집 구멍에서 기어 나와 뻘밭에서 젖은 등딱지를 말리는, 놈들은 모두가 한쪽 집게발을 하늘로 향해 쳐들고 하얀 거품이 마를 때까지 덜커덩 덜커덩거리다가 무슨 소리라도, 기척이라도 들리면 빨간 집게발을 내리고 잽싸게 구멍 속으로 들어가 버리곤 했다.

덜커덩 덜커덩.

"삐리릭 삐리릭…."

운산 축협목장. 마치 잘 가꾸어진 구릉들을 옛 백제 시대 어느 황룡이라 여기기라도 할 무렵, 때 아닌 종집의 허리춤에서 핸드폰이 울렸다. 한산한 하행 열차 칸에 울리는 신호음 소리.

에이 '우리 물주겠지' 여겼는데… 모두 다 틀렸다. 아닌 것이다.

"아, 예에, 그러셨구만요. 말만으로도 천번 만번 고맙습니다. 권 선배님. 지금 열차 타고 가는 중이고요, 돌아가서 뵙겠습니다."

"뭐래?"

"잘 다녀들 오라구. 여러 눈으로 공부도 많이들 보고 배우고 또 뭐래드라? 응 거 치킨을 샀었는데, 이미 떠났더란 거야."

"야, 거 조금 늦게 출발할 것 그랬다 야. 먹을 복도 지지리도 없네."

"형. 그거 우리 돌아와서 먹으란다고 미장원에다 고이 맡겨 놓았다니까 걱정 붙들어 매여. 평오야, 그런데 서산서는 할 일이 무어냐."

"왜?"

"왜긴 왜 왜여. 말두 꺼냈으니 말야, 내리기 전에 브라보 한잔해야 쓰지 않것냐?"

"그렇지 그렇지. 그건 우리 소장 말이 맞네."

"명애야. 가서 홍익회 아저씨한테 캔맥주랑 담백한 오징어 좀 사 오너라."

"몇 개나요?"

"뭐 많이 먹어서 좋을 일 있냐. 여기 머리 수 대로 사 오너라. 늬 것도 잊지 말고."

"예ー."

명에는 펄떡 일어나 다음 쪽 칸으로 넘어갔다.

[홍성 남당에서]

서산 갯것을 지나 여기까지 왔구나. 내포 바닷가 여관. 창
문턱에까지 쳐들어와 몸을 부셔 대는 파도 소리가 어찌 사내
마음에 향수를 부르지 않겠는가.

예까지 오는 동안 우리가 빼놓은 곳만 똑, 또옥 떠올라 약간
은 마음이 찜찜해진다. 백제의 미소라 일컫는 곳, 탑곡리 남사
당패 놀이, 해미읍성, 신두리 모래언덕, 안면도 소나무 숲….

젓비린내 나는 바닷가 포구에는 노랫가락 장단이 문 틈새
로 흘러나오는 선창은 없었다. 흥건히 술에 취해 혀 꼬부라
지는 사내의 배꼽이 보이게 내려간 허리춤이나 중심 잃어버
린 갈지자의 발걸음이 늙은 주모와 서로 얽혀드는 일은 찾아
보려야 볼 수가 없었다.

바다에서 잡히는 대하가 제법 밥벌이를 해 준다는 남당.
객은 창컨으로 다가가 밤바다에다 눈을 던졌다.

우리가 해야 할 일은 너무나 뻔하고도 뚜렷하다. 이렇게
남의 땅에 와서 들여다본다는 것처럼 산 공부가 어디 있을
까. 곳곳을 훑어가다 보면 온갖 쓰레기더미에서 건져 올리는
물건이 나올 법도 하겠지. 서두르지 말고 찬찬히 들여다보는

걸 우습게 여기지 말자. 인생의 젊은 시절이 반이나 지나갔다는 것도 후회하지 말고…… 출발이다.

[보령에서]

이틀씩이나 묵을 이유가 있는 곳.

뜸들이지 않고 말한다면 여기는 우리가 본떠서 해야 할 것이 있기 때문이다. 고부가가치의 화장품으로 떠오른 '머드화장품'이 바로 그것이다. 아무런 쓸 짝에도 없다고 등한시 여기던 갯벌이 돈으로 둔갑한 걸, 우리는 곱씹고 되씹어서라도 배워야 하지 않을까 한다. 매년 머드축제가 흥을 돋우며 예뻐지려는 여자들을 현혹시키고 있는 것이다. 또 외국인들도 이때면 찾아온다는데 그 갯벌 화장품 바르고 미인이 되려는 폼나는 족속들이 늘어나고 있다.

[덕산온천에서]

여기도 내포지방인가. 그렇다. 남당, 보령 거쳐서 우리가 덕산온천에 왔다.

거지반 거친 산들이 평야를 밀어낸 내포지역의 지리적인 조건은 피할 수도 없는 벽으로만 여겨져 왔었다. 돈 벌려는 개발사업에 누구나가 시퍼렇게 눈을 뜨고 나서고 있는 현재, 끊임없이 계속되는 도로 확장과 바다를 메꿔 부족한 쌀 생산을 해 가는 한편으로 곳곳엔 산을 뭉텅 잘라 파헤쳐 아파트 단지를 들어서기 바쁘게 집들이 팔려 나갔다.

벌써들 새 천년을 대비해야 한다고들 입질에 오르내리면서 관광 상품으로도 콘도가 떠오르지 않던가. 경치가 그만이라는 곳에는 느닷없이 몇몇 층의 러브여관이나 호텔이 보란 듯 들어섰고, 길목마다 도로변마다 굴비 엮듯이 나앉는 ○○가든, ××가든이 지나는 길손들에게 손짓하는 상승세가 통 꺾이지 않고 있다.

더군다나 스포츠와 오락을 시종일관 전파 사례로 선물하는 화려한 신문이나 텔레비전의 힘이 무절제한 소비를 충동질시켜 왔으며 연예인이, 운동선수가 되는 길이, 어려운 공부보다 스타의 반열에 올라 일확천금을 거머쥐는 게 더 낫다고 여기는 젊은 세대들 사이에 늘어나는 병이다.

돈 벌고 즐기는 것, 그게 욕망의 풍요요 그것이 바로 그들의 인생법인 셈이다.

그건 아주 강렬한 전염성을 내재한 인플루엔자가 주변까지 쥐도 새도 모르게 벼락치기처럼, 번져 나가는 유행성 곰팡이 병균처럼 퍼지는 강렬한 병이었다. 소위 고급병 말이다.

졸부들의 소비 논리는 본능적인 인간의 체계를 훨씬 초월한 고등동물 족속들만의 배고픈 충족을 위한 하나의 유희에 지나지 않은 것처럼 보인다. 그러니까 분홍빛 욕망은 끈질기게 끊임없이, 욕구를 재생산하는 공장을 가동하는 힘 좋은 탐욕의 발전소라 할 수 있겠다.

[여담 하나]

씨이-, 이렇게 욕부터 하고 나면 좋아질는지 몰라. 어디 여자라고 욕하지 말라는 법이 어디 있니? 우리 엄만 얼마나 욕을 입에다 달고 사셨다고. 뱃놈의 마누라라서가 아니라 몇 곱은 더 했던 것 같아.

'죽도 밥도 끓이지 못하는 반 푼어치 젊은것들. 요샌 겉멋 든 백수도 돈푼깨나 거하게 있어야 하는 자본의 시대에 달랑 부랄 두 쪽, 달랑 맨주먹으로다가 남의 돈을 한탕 하겠다는 건 암만 봐도 도둑놈 심보가 말 같은 소린 겨?

그래 어찌하랴 싶냐. 쌍느무 세상. 거꾸로만 지구가 돈 데도 해 볼 때까진 해 보는 겨. 너도 지 애비 닮아 터져 지집년이 의리를 찾고 그런다냐. 의리가 밥 주는 세상은 더구나 아니고, 고무줄 끊어진 빤쓰 꼴인 겨 이년아.'

엄마의 배알이 꼬인 욕을 들어 봤자 내 졸아붙은 쓸개가 뒤집혀질 이유는 하등에도 없었어. 무작정 그때부터 돈, 돈을 벌어야겠다고 나섰던 것이니까. 그랬으니 망정이지 늦다리처녀가 미장원으로 자수성가할 수 있었던 것이라면? 여자들 생각은 그래. 남자들은 속이 어떤지 세포검사를 안 해 보았으니까 잘은 알 턱이 없는 노릇이지만 '거기서 거기'가 아닐까. 길까?

늬미랄, 여기까지 딴짓하고 있었네. 내 자리로 돌아와서 남자붙이들이 똘똘 뭉친 팀의 자본주로서 나도 위치를 찾고 싶은 마음은 바늘 끝만치도 없어.

다만 하는 이 일이 밑거름이 되어 밑구멍 째지게 가난한 터널을 유유히들 빠져나갈 수 있는 계기가 마련된다면… 하는 바람 하나로 여기까지 온 것이야. 여윳돈이 아니라 살 만한 돈을 마련하기 위해서. 그때나 가야 둘이서 면사포도 쓸 거라는 나름대로 내숭도 갖고 있는 터이고. 어쨌거나 잘되어야 서로 의가 상하지 않고 백년가약처럼 갈 것이 아닌가?

여긴 물 좋다고 소문난 덕산온천이야.

난 미용실 조수 애인의 자동차로 왔고 저들은 홍성역에서 택시를 타고 왔다나 봐. 보아하니 땟국물이 조금은 가신 것 같은 표정들이 보이는 것 같기는 한데, 아닌 것도 같기도 하구.

그날 저녁을 겸해 먹으려고 들어간 식당은 이름도 몰라.

그럴듯하게 네온 달고 분위기 내는 여느 근처 식당들과 똑같은, 그래서 아무 곳 중에서 골라잡은 거기로 들어갔는데 정말이지 빈자리 찾아 2층에 앉자마자 다 술들은 남들 못지않게 잘들 먹더라고. 다들 꺽다리 백수들이니까 오죽이나 했겠어. 그 축에 끼지 못한 명애 년만 오라지게 공깃밥만 붙잡고 숟가락질할 뿐이고 우리는 한통속이 돼 얼싸 좋은 옛 친구나 만난 듯 마시자 타령이 급기야 시작된 거였어.

뭐 소장, 부소장, 사무국장 그런 껍데기 직함 같은 거 쓸데없이, 그 이전에 젊은 청춘들은 마음 하나만 믿고서는 비비적거려 온 사이인데 아래 위 구분이 술 앞에서 뭐가 필요했겠어.

탐험 길 일정에 쓸 빠듯하게 짜진 돈. 거 술 취해 이런 데서 회까닥 돌아가면 바닥날 액수지만 졸라매고 감내하는 길밖에는 다른 도리가 없는 일. (그러나 물주라 여기 넘어오는데 지갑에 두둑하게 챙겨 넣긴 했지.)

초저녁 시간인데도 말이야, 어디서들 이리로 봉고차를 대절해서 왔는지 몰라도 목욕한 뒤 때 빼고 광낸 남녀가 뒤섞인 중년들이 벌써 넓은 홀 안은 물론 양켠에 자리 잡은 방에까지 좌정해 밥 뜨면서, 지레 술잔 들며 저희들끼리 희희낙락거리는 소리가 들려오고 2층 계단 통로를 타고 우리 팀이 앉은 자리에까지 들려오는 북새통임에도 불구, 이 식당은 꾸역꾸역 들고나가는 손님들 때문에 성업이 꽤나 푸지게 되는 곳이구나 여겨졌어. 그야 돈은 이렇게 뭉텅뭉텅 긁는 것이다라는 교훈을 본보기로 던져 주고 있더라니까.

어지간히 먹었을 때에 비로소 술이 오른 종집의 낯짝에 형광불빛이 되받아 땀이 번들번들 빛났지.

길게 얘기할 것 없고, 여기도 내포 서해 땅. 우리 식구들의 탐험이 성공적으로다가 이뤄지고, 그 무엇인가를 찾는 사업이 눈 번쩍 뜨게 와 닿게, 간절한 마음을 담아 술 한 잔씩 나눈 거라구요.

"우리 광옥 씨도 왔고, 남당, 보령에 오늘 이 자리까지 와서 어쩌면 되게 낯선 느낌을 지울 수는 없지만, 이런 데서 함께 있다는 긍지도 조금은 있습니다. 그런 의미에서 우선 브라보를 한 번 합시다."

이건 평오의 의젓한 소리다.

"우리는 여기까지 왔습니다. 무엇인가 우리의 숙제를 풀기 위해서죠. 이래도 안 되면 세상이 잘못된 게 아닐까. 건방진 말 같지만 해야죠, 꼬옥."

한쪽에서 박수가 터졌다. 양 볼이 벌겋게 오른 명애였다. 언니도 하세요.

"아니야, 이따 할게."

시끄러워서 그런지 아니면 타동을 타는 것인지 먹을 만치 먹은 팀원들은 밖으로 나왔다.

바깥의 밤 풍경. 온천 동네가 봉긋봉긋 꽃 터지듯 봄날 꽃 잔치를 벌이고 있었는데 하, 무릉도원이 따로 있는 게 아니라 여기가 바로 그랬던 거다.

술 오른 눈 속으로 제법 예리하게 콕, 콕 찔려 오는 것이 여간 잠자는 감정에 불을 댕기는 촉매제로 여흥을 불러내는 것이었다. 광옥 씨만 그랬던 것 아니었다. 다들 초장에 얼얼하게 술이 오른 게 마음을 붕 뜨게 한몫을 거든 것 같았다.

우리에겐 대단한 사업을 벌이고자 여기까지 온 것을, 중간 기착지인 이곳에서 탐험 길의 노정에 얻은 정보나 직접 본 생각들을 흉금 없이 털어 내놓고 휴식차 따끈한 물속에 들어가 개운하게 몸을 푸는 게 제격일 것 같았다. 우리 숨통들 주량을 모르는 바 아니어서 광옥은 시치미 딱 떼고 물주 행세를 선창했던 거였다.

"2차는 여기 물주가 댈 테니 아까보다 더 분위기 있는 곳으로 자리를 옮기는 게 어때요? 거기서 건설적인 사업들 이야기도 하구요."

"진짜로 기다리던 말을 우리의 물주가 할 줄을 아네."

"거야, 좋죠. 우리가 술을 마다할 인간들이 아니니까."

"언니, 진짜로 이번에는 한턱내는 거예요?"

"한다면 해야지. 여기까지 왔는데."

그들은 밤바다에 출렁거리는 물살에다 자신들 몸을 맡기고 움직이기 시작했다. 몇 잔술에 확확 오르는 가슴팍을 가린 첫 단추를 풀어 버리고 선두 종집이가 가는 데로 뒤쫓아 갔다, 무리들은.

4

세월 밖에서

─ 비밀수첩

[원배 경우]

중학교를 졸업하고도 한 울타리 안에 있던 상업고등학교로 진학해 다닐 무렵에는 '기율부'가 왜 그리 무섭던지, 등교 때 아침마다 10리 길 채운평야를 지나 탑동 고개에 다다르면 페달에 얹은 발을 내려 땅에 딛고 멈춰 모자를 벗는 거였다. 모표를 반닥거리게 입김을 불어 닦기 위해서다. 잘 닦여진 그걸 아침 햇살에 비춰 보고 튀기는 햇살이 눈이 시리면 머리에 눌러 쓰고 페달을 밟기 시작했다.

아직 교문이 보이지 않은 곳쯤에 이르면 타고 있던 자전거에서 내려 걸어가는 학생들 대열에 한데 끼어서 교문을 향해 걸어갔다. 교문 양켠에 서 있던 중학교 기율부와 고등학교 기율부 당번이 한 명씩 서서 복장이 불량한 학생들을 손짓으로 불러들이곤 했다.

그러면 아뿔싸다. 중학교 3년 동안은 그야말로 애들 취급이라 별반 무서운 게 무언지 몰랐으나, 상급학교인 고등학교 기율부는 최고참 3학년 형들답게 콧수염도 나고 구레나룻에다 여드름이 얼굴을 뒤덮다시피 한, 그리고 양어깨가 탁 벌어져 힘깨나 있어 보이는 뒷골목 깡패같이 흡사 보였단 말이다.

그중에는 더러 교모의 창을 반으로 확 접어 지붕을 이루며 햇빛을 반사시키거나 동복의 호크도 열어젖힌 채 험악하게 버티고 서서 밑에 학년 애들이 불량하지는 않은가 고양이의 살벌한 눈빛으로 끄집어낼 태세였다. 지네는 있는 특권, 없는 특권 다 누려 가면서 저학년들의 잘못을 잡아낸다니…… 엄청 억울한 구석이 있어도 누구 하나 말하지 못했다, 씨벌.

툭하면 모자를 안 쓰고 다니는 잡것, 가방을 들고 다니는 게 아니라 옆구리에 끼고 다니는 축, 一자로 판 바지 호주머니에 양손을 찌르고 활보하는 거, 나팔바지를 입는 거, 물들인 군복 바지를 입는 거며 입으로 일일이 다 말할 수 없는 모든 특권은 바로 그들로부터 나오는지도 몰랐다.

그러니 아침 등교 시간에 불량 학생을 골라 교문 곁 '학우의집' 뒤로 보낸들 무얼 하리. 그곳은 약간의 학용품을 팔기도 했지만, 우리들 사이에는 점심시간에 찐빵과 꽈배기를 파는 곳으로 인식이 밴 곳이었다. 채 두 칸 집도 안 되는 뒤켠에는 학교 담이 이어져 좁다란 공간이 삼각형 모양으로 나 있는데 거기서 다른 기율부 동기들이 넘어온 학생들을 야구 방망이로 매질을 하고 구타가 이뤄지는 은밀한 장소였다. 엎드려 뻗혀서 배트로 3대, 혹은 5대 정도를 맞고 나면 그날 수업은 공치는 날이기 일쑤였다. 너무나 아파서 공부가 될 리가 없었던 건 너무 당연한 노릇. 운이 나빠 걸린 친구가 다음 날 등교해 교실에서 뱅 둘러선 친구들에게 바지를 까 내리면 하얀 팬티 밑으로는 시퍼렇게 멍들은 자국이 선연하게 눈에 짚이는 거였다.

야, 시펄 되게 아팠겠다.

그걸 직접 목도한 아이들이 가만히 있을 리가 없었다. 하기는 더러 이러한 날도 있기는 있는 모양이더라마는…… 불려 간 아이들 중엔 아무렇지도 않다는 표정을 지으며 유유히 가방을 들고 거기 뒤편에서 나온다는 것, 용쓰는 재주를 부려 그냥 풀려 나오는 것이렷다. 그건 바로 뭐고 하니 그네들 중에 바로 한 동네에 살고 있다는 마을 공동체 의식이 교복 불량보다 훨씬 능가한다는 건데 크나큰 재주에 비길 만했다. 하도 그러한 일은 가뭄에 콩 나는 것과 같았으니까.

우리들이 알기로는 그들 기율부원들은 모두가 공공연하게

흡연을 한다는 놀라운 사실에도 그걸 입에 올리는 친구들은 아무도 없었다. 읍내 바닥에서도 이름난 중국집 '민생원'에 식구들끼리 갔다가 우연찮게 보았다던 친구도 내게만 쑥덕 거림으로 말해 주었을 뿐이다. 우리들 사이에서 그들의 모든 일은 예외적인 비밀로 취급하는 대상이었다.

왜냐면 당시에 있던 학생 간부 형들—. 이름하여 학도호국 단원들은 저들과는 게임도 되지 못하게 유순한 허풍선들이 었다, 공부는 잘하는데도. 이들보다는 기율부 형들이 몇 곱 절의 권위와 거기에서 풍겨나던 무서움은 하나같이 높다란 하늘보다 더했으면 더했지 덜하지는 않았다.

그러니까 그러한 권위의식으로 학내를 쩌렁쩌렁하게 호령 하던 힘은 도대체 어디서 오는 것일까. 물론 그들의 일거수 일투족을 관리하고 선도하던 학교 학생과의 선생님들 면면 을 봐도 십분 이해가 될 일이었다. 붉으락푸르락 사나운 호 랑이 선생님만 모여 있던 곳이 바로 학생과였기 때문이다. 그러니 학도호국단 소속 간부들 쯤은 우리가 멍텅구리로 여 긴 것은 지당한 것이니라.

또한 이들은 기율부라는 노란 완장을 달고 학교 운동장 끝 철조망으로 울타리 쳐진 너머의 여고 학생들과도 알게 모르 게 유치한 염문을 소금 뿌리듯 교실에선 손바닥을 엎었다 잦 히다를 반복했다. 그 사건들이 분분하게 일어나던 때는 봄

소풍 때니 가을 소풍 때에 자연 터져 나오곤 했다.

1, 2학년들이 알게 모르게 학우의 집에서 '까치 담배'를 핀다는 소문이 입에서 입으로 돌고부터 고3 교실이 맨 뒤편에 자리해 있었는데 교실과 인접한 화장실로 교감이나 학생부장이 오락가락하던 게 우리들 눈에도 보이곤 해서 관심을 끌기도 했다.

아, 3학년 형들은 얼마나 좋을 것인가. 저런 향유를 누리고 있음에도 그네들 우월감 넘쳐나는 신념은 우리들에겐 커다랗게 도드라져 보일 수밖에 없었다. 그러한 일로 저학년 때 선망의 대상이던 고3을, 우리 머리와는 다르게 스포츠형 머리로 기개를 폈던 그네들의 행동 하나하나에 우리들은 얼마나 많은 침을 흘리며 선망하며 2학년 시간들을 죽여 갔던가. 거, 침범할 수 없던 노란색 영토는 그렇게 영원하게 빛나 보였다.

이제야 툭 까놓고 뱉는 불만 하나는 이러하다. 그때가 뭐가 좋다고 그때 타령하느냐고 묻지를 마라. 우린 시방 그리 컸으니까 말이지. 우리도 지금 돌이켜 보면 이때 태어난 것이 얼마나 후회가 되는지를 알기나 하냐. 사람이 태어나는 걸 그래서 어른들은 운명이라고 하지 않던가.

공부가 재미없다 해도 도시락 까먹는 재미로 학교를 다닌다는 친구들이 늘어 가던 시절. 쌀밥이 아닌 보리밥 도시락이라 해도 점심시간만큼은 정말 기다려지곤 했다.

하기는 어떤 놈들은 3교시가 끝나면 그토록 짧은 쉬는 틈을 엿봐 젓가락질 몇 번 하다가 볼때기를 우무적거리던 성미 급하던 애들 대부분은 읍내 지역에서 멀리 떨어진 석문 갯가에 살았거나 대호지 바닷가와 산골에 사는 치들이었다.

4교시가 끝나면 기다리던 점심시간! 오매 좋은 거, 맛 나는 반찬을 얻어먹어 보자꾸나. 가방 책 틈에 다소곳이 꽂혀 있던, 교과서보다 더 두툼한 도시락이 책상 위로 올라왔다. 신문지로 쌓았거나 보자기로 싼 도시락이 더러 보이기는 했지만 대부분이 그저 알도시락들, 그리고 딸린 반찬통 하나. 뚜껑을 열고 젓가락을 들라치면 벌써 콧속에 파고들던 김치 냄새와 매운 고추장 냄새다. 도시락 한쪽에 자리한 반찬함에서 밥으로 흘러든 것이다. 신물 나게 맡은 이 냄새이건만 그래도 좋았다. 꿀맛 같은 밥맛이여.

그러니까 어떤 놈은 공부는 뒷전이고 도시락 까먹는 걸 낙으로 삼아 학교를 다닌다고 했지. 와아, 맛있다 맛있어.

이때 난데없이 교실 앞문과 뒷문이 동시에 열리는 소리.

60명에 가까운 반 친구들이 우물우물거리며 그쪽으로 향한다.

"동작 그만, 모두 도시락 뚜껑을 덮고 자리에서 일어난다–."

"꽝! 이것들 동작 봐라."

3학년 기율부가 난데없이 급습한 것이다. 호크도 끄르고 맨 윗단추 하나도 풀어 불량스런 기율부장이 야구 배트를 두 손으로 교탁에 꽉 심고 쌀라거리는 사이, 뒷문으로 들어온 동료 부원들은 한 줄씩 맡아 뒤쪽부터 거꾸로 용의검사를 이 잡아가듯 내려왔다.

—씨발 놈들, 니네들은 점심도 안 먹고 사냐.

복장 불량, 머리 불량…… 이렇게 지적을 당하면 따라서 복창해야 했던 때, 지적당한 친구들이 많다고 여겨지면 또 기율부장의 호령이 떨어졌다.

"야, 이 씨발 놈들. 맛 좀 봐야 되겠는걸. 전원 뒤쪽 운동 장으로 집합!"

뛰르르르. 뛰어나가는 소리가 구슬 굴러가는 소리처럼 재 빨랐다.

"4열 횡대로 앞사람 옆 사람과 간격 1미터로 벌려!" 정확하 게 앞뒤좌우가 바둑판같이 정렬되었다.

"그 자리에 엎드려뻗쳐!" 하는 구령이 떨어지기 무섭게 맨 앞줄부터 타작해 들어가는 소리. 윽, 으윽, 퍽…….

—오늘은 한 놈이 3대씩 때리는구나. 좆 끌리는 대로 터지 는 수가 고무줄이 늘었다 줄었다가 했다. 놈들은 살판이 난 듯 마구 패대기쳤다. 씨팔 말이지 머리통을 써 가며 한 줄씩

교대해 가며 처음 힘을 맨 꽁지줄 끝에까지 골고루 공급을 하였다.

한 대 맞고 어이구, 하고 땅바닥에 깔리는 약한 애들이 있는 반면 엉덩이에 몽둥이가 닿는 순간 힘을 넣어 배트가 튀는 꺽대가 고3짜리와 비슷한 친구는 아파도 이를 앙물고 그것을 다소곳이 받아들였다. 맞고 나서 일어선 몸은 남의 몸이었다.

빙빙 도는 머릿속에서 느티나무도 덩달아 빙빙 돌고, 교사도 빙빙 돌았다. 노랗게 보이던 하늘과 아픈 엉덩이는 2차방정식을 넘어서 미분 적분 속으로 얽혀 들어간 심정이랄까.

기율부한테 헌납된 세월이 모두 2년이었는데 그중의 1년은 동생이라고 1학년은 번번이 예외적인 시절이었고, 2학년 그때는 기율부의 밥 같은 시간의 연속이었다고나 할까. 왜 그들은 2학년을 못살게 했는지 알 턱이 없었다. 매 맞은 엉덩이로, 매를 작신 맞은 마음으로 점심밥이 목구멍을 넘어가겠는가.

모두 울화통이 터지는 공통분모를 가진 우리들 고2는 고개를 수그리고 들어와 남은 시간 내에 도시락을 퍼 넣어야 했다, 속도전으로. 이쯤 되면 맛대가리고 뭐고가 있을 수가 없고 빨리 도시락을 비워야 할 처지였다. 교실 안은 다시 반찬 냄새로 진동했고 창문을 다 열어 놓는다고 해서 냄새가 밖으로 빠져나가기에는 시간이 부족했다.

5교시를 알리는 벨소리가 울렸다.

"어휴 이 냄새, 뭣들 하느라고 늦게까지 먹었나."

다 알고 있으면서도 출석부를 내려놓고 안경테를 살짝 올리던 상업 선생은 친구들 얼굴을 좌악 둘러본 다음 아무렇지도 않은 것처럼 교과서를 펼치는 것이었다.

하늘만을 원망해야 했던 2학년 세월, 주판알 잘 튕겨서 자격증 따고 가뭄에 콩 나듯이 서울에 있는 은행시험 쳐서 합격하면 무얼 하리. 당사자만 좋고 좋지. 교장 선생님은 그때 조회 석상에서 뭐랬더라, 뭐가 학교 명예가 올라갔다나, 높아졌다나 그렇게 뻐기는 거였지.

그 시절 고2 때였다. 언제나 학교 구석에 있던 화장실이나 당진차부의 흉물에 가깝던 공중 화장실에는 남녀 알몸이 그려진 ×하는 그림이 으레 먹음직한 모습으로 그려져 장식돼 있곤 했다. 아랫도리만 리얼하게 그린 사인펜이나 볼펜 솜씨임에도 선은 여유롭게도 남자 여자의 성기가 퍽이나 과장되게, 그러면서도 면밀하게 그려진 게 신기할 정도였다. 그 나이 때는. 그런 그림은 서서 아래가 붙을 찰나거나, 혹은 엎어지고 포개지는 리얼한 자세를 담고 있어 그 옆으로 기울어지게 갈겨쓴 자잘한 낙서는 보이지도 않았거니와 설사 그걸 안 읽더라도 대번 통하는 게 순식간 뇌골에 박히는 때였다. 청춘의 본능적인 감각이었다.

여자들 화장실은 어떤가 모르지만 남자 화장실은 그런 유사한 형태의 그림들이 많게는 앉아서 똥 누는 시간에 다 읽어 볼 수 없을 정도로 네 면을 채우다시피 했다. 아예 어떤 그림에는 담뱃불로 짓이겨서 화가 잔뜩 난 성기와 봉선화 첫 이파리가 벌어진 도톰한 여자 그 부위가 온통 시커멓게 털로 칠해져서 똥 누는 놈이 지레 짜증나게 똥구멍에 자연 힘이 들어가던 일이 번번이 벌어졌다.

학교 옆 보리싹 패이는 보리밭을 훑어 지나왔을 바람이 문틈으로 비집고 들어왔다. 온갖 봄꽃들의 냄새가 코딱지 말라붙은 콧속으로 파고들어 그게 무슨 냄새인가라는 생각을 골몰하지 않아도 될 때 그때쯤 아랫도리는 아련하도록 환장할 지경에 다다랐다. 똥 누는 순간에 그 향긋한 냄새와 이 계절의 풍경이 눈앞의 × 장면과 어우러져 금상첨화의 흥건한 순간이 펼쳐지기 때문이다.

그러면서도 자연스럽게 뒤꼭지에 달라붙는 그림 한 점은 어느 이발소에나 걸려 있던 12마리 새끼 돼지들에게 엄마 돼지가 팔자 좋게 척하니 누워서 젖을 먹이던 그림이 매번 × 그림 뒤를 장식하는 거였다. 다산(多産)이 풍요의 으뜸으로 여기던 때니까 물레방아 도는 내력의 풍경화보다도 성행되곤 해 '증산'을 밑바닥에서 받쳐 주었던 것 같았다.

그리하여 그 점찍어 놓은 변소 칸만을 당분간 아무도 몰래 혼자 가서 애용하는 즐거움을 몇 천 배로 독차지할 수 있었다. WXY, 콜라병 같은 그것, 풍만한 그것, 말라깽이 그것의 정체. 배꼽 밑 하체에 사인펜이나 볼펜 따위로 숱과 꼬부라진 체모의 묘사력에 감동을 했는데 나만이 여체를 은밀히 감상하는 즐거움이란 무엇과도 바꿀 수 없는 포만감을 가져다주었고 하늘로 솟구쳐 오르던 푸른 청춘을 다독여 주는 마약 성분이기도 했다.

엎어진 3(남자)과 그 아래에 잦혀진 3(여자)의 ×하는 낙서. 잦혀진 3의 가운데 부분은 풀밭으로 그 무성한 숲 그늘이 드리워진 곳 한가운데를 가로지르는 옹달샘 줄기와 그 위로 엎어진 3의 엄청 화가 난 ×지의 투구에서 ×물이 여자의 거기를 향해 듬성듬성 떨어지는 광경은 정말이지 가관이었다. ×지를 향해 슬슬 쳐들어가려는 모습을 바짝 당겨 보노라면 마른 목젖이 울컥거리고 내 거시기도 덩달아 앞쪽으로 뻗쳐 욕정에 사로잡힌 과장법 속으로 그만 빠져들고 마는 것이었다.

그게 이름하여 우리들의 춘화였던 것이다. 그 × 그림의 하이라이트는 뭐니 뭐니 해도 '말뚝 ×지에서 뚝뚝 떨어지는 좆물 몇 방울'의 묘미에 있다. 그 모양을 보노라면 성큼 혓바닥에 고인 침이 마르고 뒷골이 당겨지는 요 청춘을 주체할 수 없다는 노릇이었고, 이를 어찌하나. 내 투구 끝으로 향해 차오르던 뻐근함이 밑뿌리에서부터 서서히 왕왕거리며 발동기를 돌리고 있다는 거였다. 그 ×물 몇 방울이 기가 막히게 단순하면서도 맵시 있게 표현됐다는 한갓 낙서에 빠져서 알딸딸한 기분이 엄습해져 오는 느낌을 숨길 수가 없다니 도대체 말이나 되나.

[평오 경우]

학교 다닌 시절은 그래도 다른 또래보다 유복하게 살았다는 거지만 20살 이후에 찾아든 파산 가까운 어려운 살림은 돌이켜 보기가 싫을 정도다.

읍내 중학교 3학년 때, 우수반 학급이던 그때 전국 모의 배치고사에서 '저 유명했던 용산공전이나 서울공고'를 응시할 수 있는 결과가 나왔다. 대단히 기뻤다. '전국 과학경진대회'에서 무슨 연구인지 생각은 안 나지만 대통령상을 받았던 담임 박 선생은 꾸준히 노력했던 결과라며 좋아하셨다. 성적이 좋게 나온 친구들은 그때 전부 외지의 상급학교로 진학해 고향을 떠나갔지만 평오의 사정은 그렇지가 못했다.

면사무소에 근무하던 공무원 아버지가 장남을 대처로 진학시킬 수 없다고 단호하게 나왔기 때문에 진로 상담은 무산되었다. 머리 좋은 애들을 이름난 고등학교에 입학시키기 위해

자녀 교육열이 지대하던 시절 평오는 친구들이 다 가던 서울은 물론이고 대전, 공주 등지의 유명 학교는 말만 들어 보는 것으로 족해야 했다. 대전고등학교, 공주사대부고, 금오공고…… 이런 이름들이었다.

고대에서 읍내까지 채운벌을 건너는 10여 리 길을 자전거 통학으로 청춘이기엔 아직 이마빡 피가 마르지 않은, 설익었던 그때 아버지의 지론은 내리사랑의 표시로 키우는, 트이지 않은 고집불통 때문이었다.

당신은 왜정 때 초등학교도 졸업을 못 했지만 공무원을 하고 있지 않나. 세상이 좋아지면, 공부만 잘하면 여기서 얼마든지 할 수 있다. 그리 떵떵거리던 아버지 때문에 평오는 중학교와 한 울타리에 병설로 있던 상업고등학교 보통과에 입학하게 되고 '예비고사'에서도 떨어져 그만 대학 진학도 좌절되었는데 재수를 준비하던 그때 공무원을 그만두고 통일주체국민회의 대의원으로 출마를 하는 바람에 입시 공부를 포기해야만 했다.

그땐 정말 웃기는 세상이었다, 라고밖에 말할 수가 없다. 권력을 쥐기 위한 수단 방법과 절차가 민주주의라는 허울 안에서 평등하게 이루어진 시절이 아니었다. 그러니 교과서 따로, 사회생활 따로라는 사회구조 아래 미명의 산업화 시대는 달려가고 있었다. 선거 참패 뒤 평오네 집은 빚 감당을 해야 하는 형편으로 전락하고 말았다.

[종집의 경우]

논농사 5마지기를 짓고 이웃 동네에 가서 머슴살이를 하면서 근근이 살아온 아버지. 기골이 장대해서 힘깨나 있기로 소문이 자자했다. 머시마는 나 정도는 돼야 어디라도 쓰는겨. 오죽하면 1년에 받는 새경이 15가마였을라고. 상머슴에 속하니까, 일도 잘하니까 그 집에서 놓질 않고 내리 살아온 터수였다. 지게질, 소 부리는 쟁기질, 나무하기, 여름이면 삼동 갯가에 나가 사둘질로 갯것들도 잡아오지, 집 안팎 깨끗하게 치우지, 뭐랄 것 없이 닿으면 닿은 대로 못하는 것이 없던 위인이셨다. 아버지는.

50마지기를 헤아릴 만치 논농사 처가 꽤나 되던 그 집은 종손으로서 집안의 대소사가 무척 많았고 집주인인 사람은 교육자로 대처에 나가 교장으로 올랐다고도 했다.

종집이 아버지는 무쇠탈이었다. 나이 어린 종집이에겐 그때만 해도 당신이 레슬링 선수 김일만 같다는 우쭐함이 견고하게 자리 잡았다.

그래도 당신은 농사일이 한가한 시절에는, 특히 여름날에 많았던 것으로 기억이 되는데 해거름 녘에 집에 넘어와 반찬 없는 저녁상을 받고 하룻밤을 자고 가는 거였다.

그런 날 밤. 텔레비전도 없던 종집이네 대문은 이웃의 다른 집들보다 일찍 문을 걸었다. 일자 집 마루를 지나 종집은 윗방으로 넘어와 누웠다.

"쓰슈, 쓰슨, 쓰슈, 쓰슨, 슈으ー."

저 소리. 뒤꼍 신의대 울타리 곁에서 쉬어 터진 소리로 밤을 알리는 무슨 새였더라. 굴뚝새인가 쏙독새 소리런가. 막 바로 뒷방문 찢겨진 틈으로 내다보면 금방 알 터인데 지금은 움직이고 싶지가 않다.

여름밤 장독대 뒤꼍으로는 제법 날아다닐 꽁무니 불을 단 반딧불이 어둠결에 기승을 부리듯 반짝거리며 깊어 가는 밤을 수놓고 있을 터인데….

"쓰슈, 쓰슨, 쓰슈, 쓰슨, 슈으ー."

베 홑이불을 머리끝까지 둘러쓴 그 위로 그 소리는 끊임없이 속알속알 쏟아져 내렸다. 종집은 누운 채 가만히 귀를 바깥으로 열중하며 홑이불을 턱 밑에까지 끄집어 내렸다.

어둠살이 눈에 익자 방 안의 모든 것들이 제자리에서 윤곽을 슬슬 드러냈다. 크기는 달랐지만 앞문과 뒷방문의 문살도 되살아났다. 그러고는 근육질의 사내가 윗옷을 벗고 알몸인 채 힘자랑하는 모습이 분연히 떠올랐다.

끙ー. 종집은 몸을 뒷문 쪽으로 돌렸다. 때 묻어 냄새나는 베갯머리를 높여 고쳤다.

작년 초여름 중2 때 어머니 심부름으로 보따리를 들고 산 너머에 있는 그 집엘 찾아간 일이 있었다. 보따리 속에는 아버지의 여름살이 일옷이 2벌 들어 있노라 어머니가 일렀다. 모내기철이니 그 숱한 논들을 갈며 써리려면 힘든 고역일 테지만 여벌옷도 요긴하게 필요할 거라고 어머니가 말했었다.

그날 푸릇푸릇 커 가는 못자리판 곁 논에서 황소로 써리고 있던 아버지를 보자 보따리를 껴안고 논둑에 내리 앉아서 구경하게 되었는데 논을 고르는 황소가 덤벙덤벙 다리를 옮길 때마다 흙탕물이 아버지에게 튀는 거였다. 기울어 가는 해에도 아버지 얼굴과 벗은 웃통에 흘러내리는 구슬땀으로 유들유들 빛이 났다. 기름을 몸에 바른 듯했다. 쟁기질을 하는 양손의 검게 탄 팔뚝 언저리와 양 어깨에는 볼똑하니 솟은 근육이 튀어나온 게 앞가슴과 대조를 이루며 씩씩한 남성미를 과시하는 것처럼 보였다.

아버지의 벗어젖힌 몸통, 그 모습을 그때 종집은 처음 보았던 것이다. 아버지의 육중한 남성미는 그날 이후 어린 종집의 가슴엔 강렬하게 박혀 왔던 터였다.

"아이구, 좀 살살해유. 원 다 늙은 줄만 알었더니."

"이거까지 없으면 무슨 낙으로 살아가라구 그려?"

"좋것수. 힘만은 아직도 정정허니."

"참으란 말여. 나도 죽것구먼. 낼 새벽녘 일찍 넘어가야

헌단 말여."

"제발 살살해유. 뒷방 애가 들을까 무서우니."

"가만히 좀 있어 봐. 채근대지 말고."

아버지의 말소리가 조곤조곤하게 들려왔다. 오랜만에 껴안아 보는 어머니 몸이 탐이나 그런가.

아이⋯⋯유, 으음. 어머니가 깨문 입술에서 새어 나오는 소리가 벽을 타 넘고 있었다. 소리를 죽이기 위해서 앙다문 어머니 입은 소용이 없었다. 워낙 힘센 아버지의 힘이 어머니 신음 소리를 잦아들게 할 이유가 하등 없었다.

"가만 좀 있어 봐."

"아이유. 으⋯음."

종집은 귓전에 들려오는 안방의 소리를 들으며 제 가슴에 뭉클해지는 그 무엇이 아래에서 꿈틀거리는 것만 같았다. 그는 손으로 그것을 가만히 쓸어내렸다. 중학교에 다니는 나이니 일러 주지 않아도 알 만한 것은 다 아는 때니 지금 안방에서 벌어지는 일이 무엇인지 뻔히 알고도 남았다.

돈을 벌어야 하는 겨. 저 가난함의 소리를 안 들을 수 있게 우리 집도 방이 많은 부자가 되어야 하는 겨.

위로 3명이나 있는 형들조차도 오죽하면 머슴살이를 나갔으니 이 가난함의 위력을 어떻게 말해야 하겠나. 그래도 남의집살이하는 형들 덕에 막내라고 중학교를 얻어 다니는 행복을 누리고 있으니까.

종집은 아래 것이 **뻣뻣**하게 곤두서 있음을 깨달았다. 딱딱하게 발기된 그것을 조몰락거려 쓰다듬어 가며 내심 돈을 벌어야 한다고 몇 번이나 생각을 굴리고 굴렸다.

"끙."

이제 아무런 소리도 들리지 않았다. 종집도 제 물건을 만지작거리던 손을 거두고 모로 누워서 잠을 청했다.

"크르릉, 크르릉."

벌써 아버지의 코 고는 소리가 방을 타 넘어오기 시작했다. 저 힘진 곤드레 소리는 우리 집의 등불과도 같은 소리였다.

[광옥의 경우]

그때 여고 시절을 잊지 못한다. 여자애들에겐 그 시절이 아름다운 추억이라지. 김인순이 부른 노래가 최고로 인기가 있었던 것도 그런 이유에서일 거야. 남자애들 다니던 상고와 담 하나 사이에 두고 있던 광옥이의 여자고등학교는 남학생들에게는 선망의 '금남 구역'이라 더 빛을 발했다. 풋풋한 석문 갯것 소녀가 가방을 들고 버스로 여학교를 다니는 시절은 황금기였다.

어디다가 면내의 중학교 시절을 비교하랴.

중학교 때는 가난한 새우젓 비린내 풀풀 나던 애송이 학생이던 우물 안의 개구리였고, 세상이 그리 넓은 줄은 당진 읍내 바닥을 제 눈으로 맞닥뜨리고 나서야 깨우쳤고 그런 뒤 자연스레 역전 주변을 휘저어 다니기 시작하던 때부터 까막눈은 개안을 꽃피웠다는 사실이다. 그랬으므로 때도 미처 벗겨지지 않은 오종종한 때를 벗고 가슴에 채워지는 진진한 즐거움이 오죽이나 했것어.

언제나 간장 종지만 하던 젖가슴이 자라서 언제 브래지어를 차게 될까. 일주일에 두 번 찾아오는 가정 시간도 푼푼이 즐거움을 더해 주는 시간이었지만 그보다 멋쟁이 선생님들이 수두룩하게 많았다는 건 중학 생활 때와는 비교도 안 되게 확실히 다른 충격이었다. 사춘기에 접어든 소녀들에게 선망의 대상은 뭐니 뭐니 해도 총각 선생을 짝사랑하던 것으로 표출되어 분홍빛 편지지에 깨알같이 쓴 편지가 공공연하게 나돌기도 해서 즐거움과 흥분이란 질투심으로 서로 경쟁하게 충동질을 해 댔다.

여자애들 고유의 질투 심리는 학교 주변에서 자취 생활을 하는 아이들한테는 더 기승을 부려 댔다. 마음에 맞는 아이들끼리 방을 얻어 자취하며 공부하는 그 애들은 면내 먼 곳에 살아도 집 살림은 넉넉한 편에 속하던 아이들인지라 공부를 위하고 대학 진학이란 목표가 있었기에 2학년 때부터는 그 숫자가 자연 늘어나 여학교 주변에 방 구하기가 수월하지가 않았다.

광옥은 뭐, 장차 대학에 갈 것도 아니고 고등학교만 졸업하면 직장 생활을 하다가 조신한 현모양처가 되는 것─ 가난한 살림에도 읍내까지 진출한 것은 돈을 벌어 곤궁한 살림을 탈출하려는 과부 어머니의 해묵은 꿈이기도 해서 찢어지게 밑살이 빠질 정도는 아니라도 갯것을 팔아 어찌어찌하면 가능했던 계산에서 고등학교에 진학했다.

그러니까 광옥은 다른 친구들보다 편하게 학교생활을 할 수 있는 여건이 쉬웠다. 돈을 어찌 벌어야 할까. 읍내 여자고등학교에 다니는 광옥이가 풀어야 할 숙제는 다름 아닌 그거였다. 돈 벌어 부자가 되는 일.

전국에 번진 새마을운동의 기세처럼 한다면 안 되는 일이 없다! 월요일 아침 조회 시간마다 일장 훈시를 하던 교장 선생님의 말은 매번 그랬다. 우리가 잘살기 위한 운동이 바로 새마을운동이었다. 대대로 이어 온 가난의 멍에를 벗어나 새 세상을 만들어 가는 일은 부지런해야 했다. 교장 선생의 두꺼운 입술에서 늘 침이 튀어나왔고 스피커에 '윙'하고 잡음이 일어났어도 훈시는 계속되었다.

바로 저 소리가 전국 방방곡곡에서 조국 근대화의 기수들이 쌍나팔에다 불을 지르는 새벽종 소리인 게로구나. 끄덕끄덕. 아직껏 귀밑 솜털도 벗지 못한 광옥은 교장 선생 말을 그리 이해했던 참이었다. 순진했던 1학년이 끝난 뒤 2학년으로 올라갔을 때, 대학 가는 진학반 2반에 끼지 못하고 취업반에 든 건 당연했다.

"고등학교만 다니는 것만 해도 감지덕지해라."

어머니의 말은 물론 백번 맞는 말이었다. 우리 형편에 일찍 돌아간 아버지를 원망한다 해도, 그가 생전 장고항 뱃일을 하면서 매일 처먹다시피 마신 술만 아니었다면 너쯤은 통통대학이라도 보낼 수가 있었을 게다. 고주망태가 아니었다면 지금껏 어엿하게 살아 남편 없는 서러움도 안 봤을 텐데 말여.

졸업 후 인천 같은 데에서 취직이 안 되면 살림이 펼 때까지라도 읍내 인 씨네 큰 정미소 근처에 새로 생겨 수출이 잘된다는 '가발공장'이라도, 아니면 편물점에라도 들어가 기술을 익혀 돈 벌 요량을 앙팡지게 톺아보고 있던 과수댁이었는데, 딸 광옥이한테는 그 내심을 아직껏 말하지 않은 비밀이기도 했다. 계산대로 그렇게 몇 년을 닦다 보면 현모양처가되는 혼처도 생겨날 것이고.

2학년이 되자 교실 분위기가 1학년 때와는 생판 달라졌다.

진학반, 취업반. 이게 무슨 우열반으로 갈라놓은 것처럼 취직반 여자애들은 열등감에 사로잡혀 도무지 공부는 젖혀 놓은 문제아들만 모아 놓은 꼴이었다. 하긴 예상을 안 한 것도 아니지만 돈이 있어 도시 대학으로 진학할 친구들을 바라보면 어디가 공부할 생각이 나겠는가.

그러니까 학생과 선생님들의 쌍심지 켠 지도 생활 강화는 말할 것도 없었다.

이 무렵에 60여 명이 넘는 반 아이들 중에서 건들건들 눈이 맞아 클럽 '백골단'이 만들어졌다. 자연 광옥이 안 낄 수가 없었고 울타리 너머 남학생들 사이에서 벌써 이 무리들을 '칠공주'라 부르길 좋아한다는 소문이 쫙 퍼졌다. 우정 하나로 똘똘 뭉친 백골단. 우정이란 바로 의리라는 말과 다르지 않은 같은 말이렷다!

[정우 형 경우]

뻔질나게 부르는 노래가 마을 어디에서건 들려오면 필시 '걔가 부를 것이여'라며 동네 사람들은 어중대기로 꼽지만 그게 백문이 불여일견이라 딱 들어맞았다.

그렇게 노래 좋아했던 놈이 바로 남씨 남정우라. 가난해도 밑천 없이 잘도 불러 쌓던 유행가 가락. 해마다 추석 대보름 날이면 마을 청년회에서 주최하는 콩쿠르대회에서 연신 1등상을 휩쓰는 것은 말할 필요도 없고, 근동 몇 동네를 순례하며 노래하는 상복으로 가난을 물리쳐 가는 재주를 주무르는 젊은이였다.

학업을 저버린 중학 출신이지만 장차 가수가 되겠다는 청운의 꿈 같은 것도 아예 없었다. 그냥 도시로 떠난 형님들 대신 부모님을 공양하고 농사 장단이나 지어 가면서 살란다는 게 꿈이다. 이게 곧 물러터진 정우의 욕심이었다면 도시 밑으시려는가.

저 푸른 초원 위에 그림 같은 집을 짓고
사랑하는 우리 님과 한 백년 살고 싶어
봄이면 씨앗 뿌려 여름이면 꽃이 피네
가을이면 풍년 되어 겨울이면 행복하네
멋쟁이 높은 빌딩 으스대지만
유행 따라 사는 것도 제멋이지만
반딧불 초가집도 님과 함께면
나는 좋아 나는 좋아 님과 함께 같이 산다면
저 푸른 초원 위에 그림 같은 집을 짓고
사랑하는 우리 님과 한 백년 살고 싶어

~살고 싶어. 앗싸라비야 사라비아, 앗싸라비야 마샤아.

정우 형이 멋들어지게 부르던 남진의 '님과 함께'다. 두말할 거 없이 첫마디를 부를 때 입술을 살짝 하니 벌리면서 동시에 혓바닥이 입천장에 살짝 닿았다가 내려오며 푸른 초원 위로 달려가는 사나이 정우는 이 노래가 그의 십팔번이기도 했다, 사무치도록.

툭 짚어 이거가 아니라도 '물레방아 도는데', '가슴 아프게', '미워도 다시 한번', '울려고 내가 왔나' 등 가수 남씨의 팬을 넘어 마니아라 할 수가 있었다, 한때는. 남진의 팬인 그가 쌍벽을 이룬 나훈아의 노래는 왜 안 부르는지에 대해선 알 까닭도 없었거니와 그거로도 흡족한 노래 세상을 만끽하며 라디오를 가까이 끼곤 살았다.

거, 장소팔 고춘자 만담 한 토막. 이것도 또한 정우 형이 재미있게 라디오에서 흘러나와 들어왔던 그 시절 그때의 유희가 진하게 묻어 있는 풍류의 하나란다. 이들 스토리를 매번 연습하는 건 말하나 마나지만 정우의 기분에 따라 간혹 들어 볼 수 있는 즐거움을 선사해 준다.

(1)

녹음 짙어 가는 사이 아카시아 꽃 내음이 저물녘을 수놓는, 밤나무 이파리 새에서 욕정 만발하게 하던 밤꽃 꼬투리가 얼굴을 디밀기 시작한다.

나한테 뭐 궁금한 거 없으셔?

있어요.

뭔데?

하고많은 이름 중에 왜 장소팔이에요?

우리 아버지가 장에 소 팔러 간 사이에 어머니가 나를 낳았다고 해서 장소팔이야.

네에.

그래서 내 이름이 소팔이고 우리 형님은 중팔이고, 우리 아버지는 대팔이고, 우리 할아버지는 곰배팔이랍니다.

(2)

당신 소속이 뭐요?

아직 처녀예요.

그래? 난 암만 봐도 제대군인 같애.

말씀을 삼가세요. 아직 입대도 하지 않았어요.

그럼 어떠실까, 나하고?

뭐요?

에이, 알면서 그래. 당신하고 나하고 이렇게 어쩌고저쩌고.

사람이 왜 이렇게 미적지근할까? 그러니까 당신하고 나하고 결혼을 하자 그런 말씀이시죠?

아래위로 잘 검토해 보시고 생각 좀 해 보시구랴.

그런데 내가 선택할 사람은 착실하고 진실하고 모범 청년이라야 되겠는데요?

그러면 할 수 없죠. 옳지! 옳지! 그런 모범 청년 있다. 우리 동네 통장님 아들이 적합하겠구랴.

아니 그 사람이 그렇게 모범 청년이야요?

그럼요. 술을 절대 안 먹거든요.

담배는요?

천만에 말씀이야.

그럼 저, 여자는요?

물론 거들떠보지도 않지.

어머, 몇 살이나 됐어요?

금년에 아마 세 살이지?

에끼, 여보쇼!

5

바
람
과

잎
사
귀

히야, 봄이란다. 주변 환경이 보이는 게 녹작지근하게 만드는 계절, 멍멍이탕으로 육허기를 때워 가며 구경해도 다 못할 푸르딩딩 만고강산에 봄이 찾아들었것다. 하이고 이를 어쩌나. 손님을 서운하게 보내면 당최 안 되는 일인디. 봄날이 되면, 처마 밑 그림자에 가려 일 년 내내 볕이 안 드는 마당결 헛간 속이나 안뜰 후미진 광속이나 매한가지일 터. 그러자니 그거들은 얼마나 햇빛이 그리울 것이냐.

또 바깥세상 모습이 얼마나 보고도 싶겠어, 잉? 봄날은 그렇게 소리 소문 없이 바람으로 오는 것이다. 동네 산골짝 소나무 밑동 음지 녘이나 뒤란 대숲 언저리에 까뭇까뭇 남아 있으려나, 그 눈곱쟁이만큼 왔던 눈이, 혹은 모르것네, 장광 밑 소래기 한 편짝에는 오도카니 남아 있으려는지, 당최 없을 겨, 눈 비비고 찾아봐 지금쯤 어디 뵈나.

하이고 그렇게 봄은 찾아오는 법이니까 그리 알자고. 봄 대접을 그리 받으려고 작심하는 데는 마음에 마른번개부터 쳐 오는 건 지당한 말씀 같고 없어진 성냥불로 확 켜 댄 꼴이 아닌가 봬? 우리가 조금 아는 봄꽃들은 산자락 아래 춤에 곤하게 피던 진달래꽃, 노란 개나리, 매초롬한 가지에 밥풀 붙듯 피는 매화, 산수유를 꼽을 거 같고 마을과 산과 들판에 얼룩거리는 꽃들은 미친 할미만치도 모른다.

으흥, 거 있구나, 봉숭아꽃 살구꽃 아기 진달래 하는 봉숭아꽃, 살구꽃…… 배꽃, 벚꽃과 왕벚꽃.

그리고 그런 것도 있잖어, 집 들어가는 고샅길에 쑥과 묻혀서도 기세등등하게 여린 꽃대 올리곤 열 받듯 탐스럽게 웃어 대는 민들레꽃, 또 그 옆댕이에 수줍게 고개 숙여 피는 제비꽃 무리들. 또 있다, 무덤가에 홀로 피는 할미꽃.

아하, 그랬다. 춘하추동 네 계절 중에 그 어디 안 이쁜 게 있으려마는 유독 봄만은 달라 보였던 것이다.

지금은 어림없는 소리다. 어디서 예전 걸 같잖고 구차하게 꺼내들고 말을 한단 말인가. 이 세상이 어느 시절을 구가하고 있는데 옛사랑을 회고한다는 게 말이나 되나. 한 시절 그렇던 때가 있었지 하고 여기면 될 터인 것을.

그래도 봄은 어김없이 찾아오는구나.

장대하게 별렀던 탐험 길도 끝이 났다. 바닷가 연안과 내포 곳곳을 돌아본 느낌은 아직 이렇다 하게 결말에 이르지는 못한 터라 그러하지만 무엇인가 나올 법도 하다, 틀림없이.

꼭 나와야만 하고. 그렇지 않고서는 이렇게 한 마을 돌백수들이 한데 모여 '한 건'을 해 보려는 늙은 청춘들의 희망이 단칼에 물거품이 되는 비명횡사(悲鳴橫死)에 이르고 말리라.

이 지역이, 아주 좁다란 읍내 바닥이 끼리끼리 싸고도는 구성원으로 똘똘 뭉쳐 그렇게 잘들 굴러갔다. 어찌 보면, 지나온 세월 동안 똑똑한 놈들은 서울 등 대처로 고향을 등지고 다 떠나간 놈들! 쓸개가 없어도 한참 없는 놈들이다. 그 작자들이 떠나간 빈자리를 유지라는 힘을 빌려, 혹은 어깨의 힘으로, 거 인간쓰레기에 가까운 족속들이 돈을 불리며 칼을 벼르면서 차츰 제 영토들을 넓히며 오늘에 이르렀다.

오밀조밀 군청 주변으로, 읍내 주변으로 다 모여들어 살아온 터. 똥만 든 인간들은 제 못난 자식들 엉덩이를 두드려 주면서 악수하며 다져 가는 실속은 시대가 바뀌어 때마다 불어오는 외지 바람에도 끄떡없는 법이다. 이런 것 저런 것을 유년기 때부터 눈에 담았다가 어느 한순간에 눈꼴 시리게 가슴에 닿아 전율하던 한(恨)……. 그것은 그들에게 그렇게 똬리쳐서 지금껏 내려왔다.

첫 사업−첫 발자국을 실행하는 날이다.

오늘 만나기로 한 사람들은 군청 산업수산과 팀들이었다. 관내 부동산을 지도 관리하는 부동산관리계 팀들이 아닌 땅 투기에 대한 부동산 경기는 이제 한국 사회에서는 탕, 하고 한물 떠나갔다는 자문 권 선생의 판단과 권고에 따라 '흘려진 땅 줍기'의 건에 대해서는 어쨌거나 아쉽지만 손을 털어야만 했다. 졸부만 양산한 그런 몹쓸 것은 도태돼야 한다고, 청산되어야 할 유산이라며 침 튀겨 가며 말하던 권 선생이었다.

왜냐면 그가 경험한 걸 털어놓지 않았다면 우리들은 그쪽 구멍도 덩달아 파 나갈 계산이었는데, 이왕이면 다홍치마라는 양동이 지론 때문이기도 했다.

읍내 바닥에서 그래도 제일 힘이 막강한 군청.

진짜 힘 있어 보이는 경찰서는 과거 자행된 과오를 깨닫는지 '민주 경찰'의 모습으로 다시 태어나려는 몸부림으로 이제는 그 뒤로 서지 않을까 한다. 주춤 물러나 있는 자세. 힘이 안 닿는 데가 없을 만치 실핏줄이 낱낱이 뻗어 나간 경찰의 힘이 관선시대 때는 행정기관이 도로 모방을 획책해 굉장해 지더니, '지방자치시대'가 열리면서 하나같이 힘을 쓰던 군청도 김이 새 버려 예전 같은 모습이 아니었던 것이다.

민주화의 세상, 민선 군수시대는 털 빠진 수탉 모양으로 시작되었다. 그래도 이만한 힘이 안 닿는 데가 없는 군청의 힘은 여전 최고의 행정기관이요 권력이 있는 곳이라는 걸 읍내 사람들은 다 안다. 어쩌면 지방의회가 전국적으로 동시 출범하면서 '투명 행정'을 턱하니 내세우며 주민이 곧 주인이라는 슬로건을 높게 걸었지만 아직껏 장막에 가려진 밀실은 요원하게 쌔고 쌜 뿐이었다.

군청 아무 과에 근무하는 젤 말단 9급 시보, 서기부터 지방행정주사인 계장, 과를 총괄하며 군의 담당 분야를 진두지휘하는 5급 지방행정사무관인, '공무원의 꽃'이라 불리는 과장까지 어느 일이든 그들은 나라가 보장해 주는 임용 당시의 종이쪽 한 장을 달랑 받고 늙어 터지도록 정년 때까지 직장을 끄떡없이 지키다가 정년퇴직과 함께 공무원 옷을 벗는다.

지방 발전의 저해 요소로 꼽히는 연공서열 순이 '도리'라는 이유를 들어 '능력주의'를 한데로 순식간에 걷어차 버렸고, 네 줄 내 줄 계파가 파격적으로 등장해서 더욱 든든한 동지 의식으로 악수를 나누며 울타리를 만들어 갔다.

민선시대 군수의 인사권이 그렇게 남용되었으니 오죽하겠나. 계장에서 과장을 따는 길은 치열한 머리통 싸움을 수반하고 후보급 계장들이 벌이는 수완과 행태는 아주 리얼한 후유증을 동반해 군청 한 지붕 아래 식구들은 다 알면서도 모르는 척 쉬쉬거린다. 심지어는 기능직 공무원이나 혹은 일용직으로 둔중한 정문을 지나 4층의 청사를 들락거리는 얼굴

반반한 여자애들까지도 깔깔거리는 웃음에서 힘이 짚여지는 거였는데, 알고 보면 걔네들도 읍내 유지 자녀들이거나 실과 장들의 가족 친지가 아니면 군의원 아무개의 아들딸이거나 해서 기가 막혔다.

명애가 인쇄소에 맡겼던 명함을 찾아왔다. 오늘 같은 거사일에 쓰기 위해 요긴하게 필요한 것인 만큼 우선 한 사람 앞에 세 갑씩 만들었다. 사실은 저번 날 탐사 길 전에 했어야 할 일이었는데 시점을 놓쳐 버렸던 것이었다.

명색이 지역사회발전연구소이니 회 구성을 소장 1명, 부소장 3명, 사무국장 1명으로 하여,

지역사회발전연구소 소　장　차종집
부소장　남정우
오원배
김광옥
사무국장　김평오
자문역　권평수

라 하는 연구소 운영 체제에 직책을 대략 정했던 것이다.

작은 사각형 안에 반듯이 박힌 글자체가 두 눈 속으로 아

주 쌈박하게 들어왔다. 내 생전 명함을 다 가지다니. 펼오는 순간 남다른 감정이 불현듯 일었고 다른 식구들도 본 순간 그러하리라. 하이고 어쩐 일로 글자가 오늘따라 예쁘게도 보이는구나, 어쩜. 금박으로 입혀진 이름이었다면 환장하도록 미쳐 버리겠다. 글자라는 것이 책하고 연관된 건 너무 당연한 것이고 지지리도 하기 싫던 공부와 자연 연결이 척 되어 하얀 명함은 앙증맞게 너무나 마음에 드는 거였다.

청해진궁(請海進宮). 한진에 있는 궁전 같은 멋진 식당을 예약해 놓고 차 소장은 자랑삼아 말했었다. 실무를 꾸리는 펼오보다 발동이 늦게 걸린 종집이 소장다운 위세로 어느 결엔가 미리감치 둘러보았다는 게 아닌가. 신례원에서도 30분밖에 안 걸리는 짧은 이동 거리.

우리가 만날 그들의 생리를 파악한 차 소장이 공무원의 신분이 전혀 노출되지 않을 곳으로 물색했으리라. 틀림없이 권 씨의 자문을 받은 것이겠지만 이럴 때 건네주는 짧은 말 한마디가 자문 위력이란 거다. 대단한 힘을 받는 게 아닌가. 그만큼 우리가 모르는 것을 터득하게 가르쳐 주는 권평수 씨를 우리 자문역으로 모신 일은 뭐라 해도 썩 잘한 일인 것 같다.

출발 시간이 점점 가까워 왔다. 하찮은 일들이 눈에 들어오지 않은 시간, 보이지 않게 낮 시간은 길어진 것 같다.

군청 쪽에서 오늘 참석자는 산업수산과장, 농어촌관리계

장, 농산계장, 유통특작계장과 수산계장, 그리고 몇몇 직원들이다. 말하자면 근무 햇수를 따지고 위아래 직위로 둘러봐도 소위 베테랑급에 속하는 공무원들이다. 각자가 오늘 하는 일이란 게 뭐 인사치레와 술대접인 만큼 그냥 분위기 좋게 코 삐뚤어지게 술 마시는 일인 거다.

권 씨가 문을 열고 들어섰다.

"안녕들 하십니까?"

야들야들 꽃무늬 머플러가 유독 환하게 웃는 그가 사무실 분위기를 대번에 바꿔 놓고 만다. 떡대가 훤칠한 몸에 정장으로 핀 들꽃이랄까. 한여름이 오기 전 노인네는 한껏 멋부린 차림으로 일신했고 얼굴에는 시종 웃음기가 좔좔 흘러내리듯 미소가 덕지덕지 묻어났다.

우선 명애가 제일 반겨들었다. 사뭇 남들의 이목을 죄 받는 듯이 배시시 눈웃음까지 치며 몇 걸음 나와서 곱상하게 인사를 올린다. 평오도 덜렁 일어나 자리를 권했다.

"옷차림이 너무너무 좋네요."

"역시 젊은 사람이라 색깔 감각을 탁하니 알아보는구먼 그래."

피식 웃는 명애가 소파에 앉으라면서

"커피를 한 잔 드릴까요."

의중을 건드려 보듯 은근하게 물어본다.

"건데 우리 사람들이 안 보이네?"

권씨는 딴청을 부린다. 명애는 머쓱해하다 다시 한 번 묻자 커피를 달라고 했다. 그리고 야들야들한 웃음을 슬며시 흘렸다. 그녀는 구석에서 커피포트의 플러그를 콘센트에 꽂았다.

"시간들 맞춰서 들어올 겝니다. 걱정들 놓으셔도 돼요."

"그럴까?"

"그럼요. 오늘이 어떤 날인데."

30분 전 6시. 자, 출발이다. 소장인 종집이나 자문역 권평수 씨, 광옥이와 명애는 1호 차인 엘란트라에, 2호차 라노스에는 원배, 평오와 정우 형이 타 역전에서 거짓말 쪼금 보태말하면 뒤쪽에 있던 역전 파출소가 소리에 질겁 놀라 무너지도록 '부앙'하고 시동을 걸었다.

어느 날보다도 오늘은 상큼한 한탕 즐기는 소풍날이구나. 차는 역전을 빠져나가 외곽도로로 진입해 장항선 굴다리를 지나는 찰나 눈앞에는 '서해안시대를 앞서가는 예산 건설'의 대형 광고판의 큼직한 캐치프레이즈가 들어오기 시작한다.

자동으로 머리가 왼쪽에서 오른쪽으로 돌아갔다. 빨간색 명조체로 새겨진 '서해안시대'를 뭉게구름인지 신기루인지가 떠받치며 그 속으로 특급 열차가 치달려 가는 그림이 밑바탕에 선명하게 놀아나는 것처럼 보였다.

"저기다 차라리 비키니 수영복 입은 쪽 빠진 여자나 세워 두지. 그게 더 어울릴 것 같잖아? 여기는 서해안시대를 함께하는 예산군입니다, 라는 말도."

"오가야, 너무 그럴 것 없다. 그런다고 세상 바닥에 어디 뜻대로 되는 일이 있던?"

"형님은 좋겠슈. 썩 둘러보면 울화통도 터질 텐데 속바닥이 저보담 무던해서."

"너보다는 넓어서 그렇겠지. 이런 날은 마음문을 턱하니 열어제켜 봐라. 잘되면 번창하고, 안 되도 본전인데 무얼 잡겠다는 거야."

어느덧 차는 밋밋한 산들이 구불탕거리는 산자락들을 젓가락으로 편 듯이 일자로 뻗어 나간 포장도로로 들어서 속도를 내기 시작한다. 구릉의 높낮이가 거의 없는 저곳은 장차 몇 년 안에 택지개발지구가 되지 않을까 싶다. 서해안 고속도로가 완공되면 이곳에서 직접 고속도로로 진입하기가 용이하다는 위치적 이점이 있는 곳이기도 했다.

"어~그, 시원하다−."

차창이 내려지자 달리는 만큼의 강한 바람이 배고픈 것처럼 얼굴을 화다닥 핥아 댄다. 운전대를 잡은 원배도 한풀 누그러들었는지 시원한 바람을 만끽이나 하려는 양 제 쪽의 차

창도 내려 버렸다.

"진짜 시원하네."

바로 앞좌석에 앉은 두 사내의 멀뚱하게 생긴 뒤통수가 정면으로 보이는 뒷자리에 혼자 앉은 평오는 할 일 없는 사람처럼 힐끗힐끗 뒤나 바라보며 1호차인 엘란트라가 잘 따라오는지 살펴보았다.

'오늘 밤 미팅이 잘되었으면.'

모처럼 만에 입은 정장 차림이 마치 보리까락 스칠 때처럼 껄끄럽게 와 닿는 게 불편했다. 더구나 양복을 입고 차안에 타고 있으려니 꼼짝달싹도 할 수 없는 게 영 마뜩찮아 내릴 때까지 참기가 여간 그런 게 아니었다. 다들 그런가, 아니면 평오 혼자만 그러한지 모르겠으나 좁은 틈에서 잠깐씩 움직일 때마다 부담스럽게 만들곤 했다.

"잘되겠지?"

"글쎄."

"잘되도록 해야지."

정우 형까지도 그리 껴들며 내심 무엇이라도 성사가 되었으면 하는 바람이 강하게 묻어 나왔다.

차는 연신 내달려 '봄 ×× 가을 ×망둥이' 어쩌고 푸념하는 사이 한진 포구에 가까이 다다랐다.

서해 바다 한가운데를 가로지르는 서해대교 대형 공사장이 언덕배기 길을 내려가는 차안으로 한눈에 쏘옥 들어왔다. 어쩌다가 갯벌바닥에 나온 농게란 대군 놈들이 낯선 침입자에게 들킨 모습으로 장다리 눈을 흡사 쏙 빼고 서 있는 다리 풍경이었다.

"참, 장관이로고ㅡ."

"저거이 다리냐, 도로야. 완성되면 말 그대로 서해안시대가 흠벅 열리는 거야?"

"그럼그럼, 그렇구말구. 마치 무릉도원처럼 보이잖아."

"이런 걸 보면 말이야, 우리 꼰대 종집이 안목도 알아줘야되겠다 야. 봐봐, 좌악 펼쳐진 한진 포구의 앞바다 경치를. 끝내주잖아?"

"오늘은 한진 바다가 끝내주는구만 이거."

"자이. 다 왔으니까 고만들 주접떨고 내릴 준비들이나 하셔들."

핸들을 잡은 원배는 마냥 주접떠는 게 되게 못마땅한 듯 뇌까리는데 아닌 게 아니라 차는 벌써 청해진궁 마당에 들어섰다.

2호 차는 측백나무 울타리 앞에서 멈추었다. 뒤따라온 1호 차도 약사 빠른 미꾸라지처럼 잘 들어왔다.

"자, 들어가시죠. 권 선배님."

"저기요. 오늘 이 자리에까지 참석해 주신 산업수산과 과장님 이하 여러 식구 여러분, 대단히 반갑습니다. 어쩌고저쩌고하는 각설은 서로가 술을 나누며 하기로 하고, 진정한 내용 또한 군청으로다 방문을 해 여쭐까 합니다. 이 시간에는 서로가 인사하고 안면을 익히는 유익한 시간이 되었으면 합니다."

짝짝짝.

격식을 떠나 시작된 시간. 함께 자리한 이수원 과장과 권 자문이 평오의 인사말에 박수를 쳤다. 정년퇴직을 한 권 자문보다 나이가 아래인 이 과장은 정년이 가까운 연세로 쌀농사에 대해 해박한 지식을 가지고 있는 사람이다.

평오가 일전에 군청 문화공보실에서 몸담고 있던 터라 생판 모르던 사람이 아닌 까닭에 술자리는 한결 수월하게 무르익어 가고 있었다. 무슨 비밀이어서 이제야 꺼내는 말은 아니지만 그에게는 군청 생활을 한 추억을 품속에다 고이 간직한 세월이 녹록찮았다.

"이제 무엇이냐. 저희 지역사회발전연구소 소장으로 있는 차종집 씨가 인사를 겸해 돌아가면서 여러분에게 한 잔, 한 잔씩 술잔을 드리도록 하겠습니다."

열다섯 명이 저무는 서해 바다를 풍경 삼아 술상 앞에서 푸짐하게 차려진 안주로 삼아 만찬을 시작했다. 바다 생선이

주를 이룬 오늘의 안주는 비록 광어회에 잡탕찌개가 전부였지만 첫 만남을 떠나 두 가족이 서로 앉고 보니 한집 식구 같은 모습이기도 했다.

한진 바다에서 준치 잡히던 시절 다 지나가고 세월이 성큼 좋아져 저렇게 바다 가운데를 가로질러 경기도와 충남에 서해대교가 들어서고, 저게 서해안 고속도로라니 이 현실이 좋아진 세상에는 틀림이 없었다.

"한마디 해도 될까."

라며 이때 운을 뗀 것은 이 과장.

"…다 세상이 좋아졌다고 합니다. 그래서 없어진 것도, 바뀐 것도 많아요. 지금 우리가 쓰는 핸드폰 좀 보세요. 이걸 보면서 느껴지는 게 있는데 막돼먹은 세상이 조금씩 정보화 시대로 가고 있구나, 기막히게 빠른 세상이에요. 컴퓨터만 보더라도 당장 그런 것이 딴 세상같이 여겨지지만 그 외 다른 것들, 아직은 외형적인 것들, 고쳐져야 할 것들이 너무나 많기만 하지만 차츰 그렇게 되리라 보고…… 내가 말하고 싶은 건 그 반대편 쪽 얘깁니다. 내 부서의 일입니다마는 여러분의 일이 되기도 하죠. 그게 무엇인고 하니 쌀입니다. 살고 있는 세상이 좋아지고 있는데 엉뚱하게도 쌀이라니요? 하고 궁금들 하시겠죠. 아는 사람은 다 알 터이지만, 그러나 큰 문제가 될 것입니다. 내 공무원 생활 40년이 다 되도록 부닥친 최대한 문제라 여겨져요.

그게 뭐고 하면 우리들의 주식 쌀이라는 겁니다. 쌀, 이거 없으면 과거에는 하루라도 못 산다고 야단법석을 피웠던 게 언젭니까. 쌀 소비량이 자꾸 줄어드니까 이거가 천덕꾸러기 신세가 될 날이 머지않았다 이겁니다. 산아 제한에다가 말이죠, 식생활이 바뀌니까 패턴이 바뀌는 거예요. 빵, 햄버거 이런 것으로요. 또 여자들은 살찌는 게 싫어 굶어서라도 미인 되려고 다이어트 열풍이 불지를 않나. UR인가는 잘 넘었지만 앞으로의 수입 개방이 되고, 나라 농업정책이 바뀌는 날에는 쌀농사 망할 농사라 이겁니다. 60년대 들어 쌀 증산, 증산하라며 늘어나는 인구와 남과 북이 분단 상황 아래에서 군축미의 구축에 무엇보다도 박차를 가해 온 새마을운동은 전 국토가 녹색운동, 잘살기 위한 운동이었지요. 하, 그땐 말이죠, 일할 만했습니다. 공무원이 된 보람도 쏟아지는 땀방울에서 느낀 적도 많았구요. 새마을운동이 벌어지면서는 그 보람은 100배까지 극대화가 되었구요. 아무리 어려워도 할만 했고 꼭 성취를 해야 했습니다.

'하면 된다'는 생각은 끝이 보이지 않은 듯 이젠 북한의 도박 위협 앞에 더 많은 쌀을 생산하기 위해 바다를 막기 시작했죠. 우리 군만 해도 벌써 세 가운데 아닙니까. 삽교호 방조제, 대호 방조제, 석문방조제. 이게 서해안의 자랑이던 리

아스식 해안을 직선화시켰으며 96㎞나 되던 꼬불탕꼬불탕 해안을 20㎞도 안 되게 만들더니, 처음에는 몰랐지요. 처음에는. 바다 해류가 바뀐 겁니다. 그러니 철 따라 오던 수산 자원에도 변화가 생기고 인근 해안에 석유단지다 제철공장이 들어서니 바다 오염이 빠르게 진행되고 환경오염이 점차 늘어나니 생태계가, 아니 지구의 생태계가 파괴되기 시작한 겁니다.

늬미. 자동차 늘어나는 꼴 좀 보세요. 이러다가는 이제 타지도 못하고 집 앞에 세워 둬야 할 시대가 언제 도래할는지. 우리 국민들의 쌀 소비량이 연 1백㎏ 밑으로 떨어진 지가 오랩니다. 먹지도 않고 창고에 쌓여만 가는 재고 쌀이 무려 1,000만 섬이 넘을 지경인데도 수매 철이 돌아오기만 하면 농사지은 사람들은 수매 가격을 올려야 한다며 해마다 집단행동을 해대지요. 그러더니 정부에서도 작년 12월 '이제는 쌀 증산 시책을 포기하고 시장 가격으로 돌아가겠다'고 농산부장관이 포기 선언을 하기에 이른 것입니다.

쌀, 이제 고민할 때입니다. 아니, 골칫덩어리입니다. 나는 쌀농사 지도로 공무원 생활을 해 온 농사꾼의 아들이기도 하지요. 생산은 늘어나는데 소비량은 점점 줄어들고 재고량 창고는 더 넣은 데가 없어 보관 비용만도 만만찮은 흉물로 전락을 했다 이겁니다. 여기 젊은 친구들이 당진의 발전을 위해서 일을 한다기에 도움이 될까 하고 군 책임자로서 '쌀에 대한 연구, 소비 대안' 이런 것을 사업화해서 해 보라고 넜두리한 셈을 치세요."

이 과장의 예상치 못했던 장관설에 평오의 귀는 무언가 지펴들 듯 말 듯 마치 짙은 안갯속에서 허우적거리는 물체가 있다는 느낌을 받았다. 전혀 뜻밖의 일이었다. 짧은 식견으로는 지방 농업사무관인 그가, 충남도에서 주는 농어촌발전 대상의 대상 수상자이기도 했던 저이가 왜 그런 말을 우리에게 던졌는가를. 모를 일이었다.

'그래. 가둔 물의 물꼬는 터야 해, 물꼬를.'

6

모자 쓴 시골 남자

'으음. 이 일을 어찌 헤쳐 가야 할꼬. 그놈들이 냄새를 맡았다니… 그놈들에게 들키고 말았다니.'

평오는 들어오자 김오경 기자가 왔었다는 말을 명애한테서 들었다. 처음 보는 이름이었다. 그 신문사 주재기자로 다시 들어온 신참 기자인가. 명애가 건네준 명함을 보고서 자기 책상 위에다 놓고 앉았다.

취재부 기자 김오경이라. 그는 의자 등에 몸을 기대며 잠시 생각에 잠겼다.

"오빠, 커피 타다 줄까요?"

어느 결에 책상 앞에 서 있던 명애가 웃어 가며 말을 걸었다.

그럴까. 평오도 그녀를 쳐다보고 웃었다. 짐짓 김 기자 일은 잠시 미루어 두었다. 골머리를 아프게 자극해 오는 사업

건은 아직 정리도 그렇고 혼자만 결정으로 해결 볼 일이 아니기에.

(그 후 어느 날 군청 홍보팀에 알아보니 김오경 기자는 주재기자가 아니라 모 지방신문 본사의 경제부 기자인데 얼마 전 취재차 당진에 왔다가 갔노라고 홍보팀장이 알려 줬다.)

"이왕 맛있게 좀 타 주라."

콩떡 비지떡 안 가리고 먹는 거는 거시기 막 바로 식성이 좋아서 무턱대고 먹는 꼴이지만, 기왕지사 진짜 사나이 청년이 멋들어진 미남의 품격을 갖추려면 말이다, 거품 같은 고상한 낭만이 좀 있어야 되지 않겠나. 그건 참으로 오래전부터 품어 온 것인 걸.

"너도 같이 마시자. 너랑 마시면 커피 맛도 다를 건데."

"그렇게 할게요."

명애는 책장 옆으로 가 일회용 스틱커피를 탄 컵에다 정수기의 뜨거운 물을 받는다.

탐험 길 이후 꼴사납게 자투리로 남은 사업 자금으로 무얼 할까 궁리 끝에 컴퓨터를 새로 구입하려 했지만 돈이 부족했었다. 물주 광옥 씨 의견으로 그 참에 중고 정수기를 내다 버리고 새로 들여놓은 게 저 물건이다.

잘 휘저은 커피 잔에서 모락모락 뜨거운 김이 돼지꼬리처럼 피어올랐다.

"맛있게 드세요. 오빠는 한 바퀴 탐사하고 난 뒤로는 무진 장 바뀐 것 같아요."

"그런 거 같니? 너무 걸게 먹어서 그런가 보다. 너도 알다 시피 술도 좀 먹었나 그랬잖아."

"혹시 장가가려는 건 아니에요? 애인이 생긴 거라면."

커피 잔을 들다 말고 명애가 지름 눈을 흘기며 건너다본다.

"그런 넌 이 봄이 가는데도 시집 안 가냐?"

"아직 결혼할 생각이 없어요."

"애인이 있는 데두?"

평오는 잔을 든 채로 반색하며 되물었다.

"이 무르익는 봄날에 애인이 있음 전화 한 통 없겠어요?"

"그거야 모를 일이지. 서로가 짜고서 그럴 수도 있으니까."

이쯤에서 명애의 얼굴 표정이 확 달라졌다.

"오빠, 저를 그렇게 못 믿는 사람으로 취급해요. 나는 그 래도 오빠만큼은 믿었는데 실망이네요."

진짜 화가 났나 보았다. 좀 재미있게 해 보려고 농담한 것 인데 뾰로통 삐치고 말았다니 이를 어쩌면 좋아.

"뭐들 하고 있어."

그때 사무실로 들어온 광옥 씨가 둘의 얼굴 표정을 번갈아 보다가

"왜들 그래. 커피 잔을 앞에 놓고. 명애 니 인상은 왜 그렇

고?"

말이 없는 평오. 그녀를 바라보다 민망스럽다는 표정이다.

"얘하고 뭔 일이 있는 거야?"

"아냐. 재미있게 말하다가 그만 삐친 거야. 말을 잘못해서."

"다 큰 사람들이 뭐하는 거야. 그깟 일을 가지고. 그냥 털어 버려라 얘. 명애야."

그때서야 화가 난 표정이 조금 풀리는 명애. 그까짓 애인이 뭐라고 피이-.

"얘, 나도 커피나 한 잔 타 줘라."

"그나저나 웬일이요?"

"이런 낮 시간에 들렀대서 하는 소리야? 오늘이 무슨 날인지도 모르는 모양이네. 평오 씨는."

오렌지색 바바리를 걸친 그녀가 명애가 앉았던 자리에 앉자 커피 잔도 따라서 나왔다.

우선 한 모금을 마시는 그녀. 봄 내음이 가득하다.

그러나 화장까지 한 모습에도 늙어 가는 여자 살결을 다 숨길 수는 없는가 보다. 양 눈 주변에 도사린 잔주름이 저번보다 늘어난 듯 보였으니까. 누구도 먹는 나이 앞에선 어쩌지 못하는가 보다.

"진짜 몰라?"

"……."

"사업 자금 주는 날이잖아, 우리 사업 자금."

"아~하! 그러고 보니 그러네."

사내는 제 자신이 무심한 양 이제야 알았다는 투다. 그녀가 핸드백에서 꺼낸 봉투를 명애한테 건넸다.

"300이야. 이따 통장에 입금시키는 거 잊지 말고. 그런데 오빠, 일은 잘돼 가? 아니면 계획 단계에서 정하느라 머리가 아픈 거야. 말을 좀 해 줘 봐."

"우리가 무엇을 해야 돈을 벌 수 있을 건지 아직껏 거기에서 맴돌고 있는 중이야. 이 서해안, 그리고 돈, 쌀 같은 거 안 먹으면 우리가 죽을 거처럼 여기듯 계속 팔리는 상품에 무엇이 좋을까, 우리가 서해안에서 뭘 건져야 하는지 그저 머리가 아파. 탐험 길 결과 보고서도 만들어야겠고, 또 그날 봤잖아. 거 군청 이 과장의 장관설 속에 무엇이 있는 듯도 하고 숙제같이 내게는 고문하듯 끝이 없네, 끝이."

"왜 그건 그렇게도 복잡한 거야. 빨리빨리 만들어서 하는 일들이 두 눈에 시원시원하게 보여야 답답하지 않을 텐데. 앉아서만 하지 말고 내 어디 바람이라도 휑하니 쐬어 줄까? 기분 전환하고 나면 훨씬 나아질지도 모르고. 나가자고. 마음 고생하는데 밖에 내 차로 모시고 한턱 톡톡히 낼게."

"그럴…까?"

"어머머, 원장님 차까지 사셨어요? 축하해요. 오빠는 좋겠네."

"축하받을 일 아냐 얘. 저거 할부로 산 거야. 할부는 갚을 때까지 순전히 빚이잖아."

원배는 방에 배를 깔고 편하게 누워서 편지 봉투를 찢었다. 600년도 넘었다는 늙은 은행나무가 마당에 선 교회 바로 밑, 저 아래쪽에서 올라오는 골목길이 끝나는 마지막 집에 방을 하나 얻어 사는 주제가 이제 한 달이 넘어가는 방의 주인이 오원배였다.

아버지가 인편에 보낸 편지가 왔다. 이 편지는 한 동네 이웃집에 사는 명환이 아저씨가 고추 비닐을 사러 읍내 농약사에 나왔다며 전해 주고 간 것이다.

원배야, 보아라.
아버지는 오늘도 하늘과 땅을 믿고서 농사를 지을 뿐이다. 게다가 살림을 책임진 호주로 네 어머니와 두 형들, 두 형수들과 막내 성금이의 손을 곁 삼아 일을 한다.
올해도 네가 지긋지긋 신물 난다는 담배를 4단보 심으라고 한다. 아직 담배묘는 하우스에서 크고 있구나.
농사일을 싫어하는 막내 너는 이제 세상을 이치대로 바로 보고 살기를 바란다. 욱하지를 말고. 부디 물정에 맞춰 노력하길 바란다.

아버지는 너희 3형제와 성금이가 장차 잘 사는 것을 보는 게 부모가 바라는 욕심이다. 너는 장가도 안 가서 시간이나 축내고 있으니 그게 걱정이 돼 잠도 안 온다.

며칠 전 너의 막내 외삼촌한테 전화가 왔는데 정남이라고 왜 너를 따르던 걔가 교대를 졸업하고 저번 3월에 첫 발령을 받았다는구나. 내게는 참 부러운 말로 들리더라.

각설하고 요새 사는 게 어렵지만 열심히 하면 죽기야 하겠느냐. 너는 기왕지사 읍내로 나간 몸이니 배곯지 말고 제때에 밥 먹도록 하고 몸조심하길 바란다.

읍내에 가는 명환이 아저씨네 경운기 편에 쌀 두 말하고 밑반찬도 조금 보낸다는구나. 챙겨 먹고 항상 건강이 최고니 유념해라, 부디 말이다. 술도 줄이고.

아버지 생각으로는 한보철강 같은 데라도 들어갔으면 하는 바람인데 궁리도 해 보거라.

1996년 3월 00일
아버지 씀

틀림없는 여동생 성금이가 쓴 글씨체였다. 아버지가 말하는 것을 옆에서 방바닥에 쪼그려 앉아서 받아쓴 볼펜 글씨. 위쪽부터 내려갈수록 안쪽으로만 욱어 들어가는 글씨 모양은 여전했다.

다시 한 번 편지지에 옮겨 썼을 텐데도 제 이야기가 비집고 들어온 틈바구니조차 없다. 이미 결혼 적령기를 넘겨 버린, 코앞이 바로 30인데 중매도 들어오지 않고 그렇다고 결혼하자는 남자도 없이 시들어 가는 동생 성금이.

이제 담배묘를 밭에 옮겨 심으면 어지간히 눈 코 뜰 새도 없이 바빠지리라. 말이 좋아 4단보지 그 1,200평 담배농사로 겨울날 수매 때까지 1년 농사에 매달릴 식구들을 생각하니 어휴~, 한숨부터 나오는 게 아닌가. 쨍쨍한 여름날 담뱃잎 따느라 등짝 뻐개지는 후끈한 날씨는 양념에 불과했다.

젠장할 세상! 돈만으로 세상을 살아가는 세상 꼬라지라니 정말 더러워서 배아지가 아니꼬운 게 한두 가지가 아니었다.

박통 시절부터 내리 줄곧 그래 왔으니까 돈이라면 안 되는 일도 착착 진행이 잘도 되었다. 고등학교 때 돈 많은 집에서 명문 고등학교에 진학시키려고 써먹던 보계 입학제가 요즘에는 사립대학에서 기여가 되고 있음을 모두가 다 아는 마당이지 않던가. 다 싸그리 집어치우자. 그런 걸 하나하나 구구하게 따진다면 골머리까지 욱신거려 올 테니까.

그런 것들은 우리 살림과는 전혀 다른 세상들 이야기만 같은 것이다.

원배는 다 읽어 내린 편지를 윗목에 밀어 두고 그 자세에서 벌렁 뒤로 젖혀진 채 누워 팔베개를 삼았다. 높지도 않은 천장엔 분홍빛 꽃무늬가 사방 지천으로 피어 있었다. 참 야리꾸리한 도배 그림이었다.

이런 좁은 방에 신혼살림이 들어왔을 리도 만무하고, 그런데도 여름날 하늘에서 뭉게뭉게 피어오르던 구름이 막 피어나는 목단 꽃잎이 되어 사방연속무늬로 꼭꼭 박혀 있다는 게 서툰 촌스러움을 선물하는 듯 보였다.

내 낯짝으로 떨어지지 않는 것만 해도 다행이지. 저 꽃에 이파리를 그려 넣은 꼴 좀 봐. 하나같이 잎을 저렇게 작게 그렸을까. 본시 꽃의 잎은 얼마나 탐스럽게 큰데. 하여간 도시 놈들이 뭘 알아? 돈맛만 잔뜩 들어 가지고설랑은 다 씨발놈들이지. 행여 알고도 그랬다면 되게 몹쓸 종자들이고.

그래도 칙칙한 색깔의 벽보다는 봐줄 수도 있었다. 어느 여고생들이 여기까지 와 자취 생활을 하면서 저희들 수준에서 싼 벽지를 사다가 도배를 했을지도 모를 일이니까. 제일로 꿈 많은 시절. 하고 싶은 것들이 너무나 많았던 시절. 날마다 새 여드름이 나 짜낸 자리 옆에도 불쑥날쑥 튀어나오던 시절. 아…, 그 신기루 같던 때가 마냥 그리워지는구나.

"야, 원배야. 방구석에 틀어박혀 뭘 하냐."

베니어판으로 덧댄 방문을 열고 들어온 건 평오의 목소리였다. 자식 같으니라구. 이런 시간조차 못 누리게 훼방을 놓는 심보는 여전해.

"어라, 누가 다녀갔나 보다. 부뚜막에 쌀자루와 보퉁이가 있는 거 보니."

그게 눈에 띄었나 보다. 녀석은 들어오지는 않고 좁은 부엌을 둘레둘레 살펴보았는지 문만 열어 놓고 목소리만 넘어왔다.

"왔으면 잔말 말고 들어오너."

"내가 들어갈 시간 없고 네가 나와야 쓰것다. 광옥 씨가 한턱 산다고 저 아래서 기다리고 있는데."

방문이 더 열리더니 원배 얼굴이 드러났다.

"같이 갈래?"

"그렇담 두말할 것 없이 가야지."

벌떡 일어나 토방으로 나온 원배는 벽에 걸린 잠바를 걸치고 추슬러 단추를 찾아 끼웠다.

"그럼 가자."

"들어왔다 가라는 말도 없이 나오는 순 강짜 주인이 따로 없군."

"여기 있잖어, 바로 이 몸."

그 사이 웃던 평오의 하얀 이빨이 잠시 보였다.

"왜 여기로 온 거야?"

차에서 내려 턱이 얕았으나 물이 빠져나간 자갈밭이 드러난 갯바닥으로 성큼 뛰어 내려간 평오.

저녁물 갯바람을 맞던 그가 되돌아서며 그녀에게 물었다.

그의 머리 너머 저 수평선 오른쪽에는 이곳부터 바닷가를 오른쪽으로 휘돌아 나가다 끝나며 거기쯤 만들어진 것 같은 뫼 산(山)자가 오뚝 자리한 게 아련하게 보였다. 이름하여 여기 사람들은 노적봉이라 불렀다.

"여기 풍경이 맘에 안 들어?"

"마음에 들고 안 들고를 떠나 무슨 이유가 있을 것 같아서."

이름하여 왜목이라는 곳은 노적봉이 주인공 무대였다.

서해에서도 해가 뜨고 지는 걸 한자리에서 볼 수 있다는 왜목 마을이다. 새해 아침이면 저 바닷가 멀리 삼각산처럼 솟아난 노적봉 가운데 귀두 꼭대기로 솟아오르는 붉은 기운의 해를 바라보며 아들 소망을 빈다는 이곳은 동해가 아닌 서해였다.

내 살갗을 꼬집어 봐도 아픈 것이 분명 동해 일출이 아닌 '서해 일출'이어서 기존의 고정관념을 깨 버리는 것인데, 앞으로 관광 상품으로 뜰 소지가 충분히 잠재되어 있는 곳이라 제일 먼저 덤벼들어 땡잡는 놈이 최고였다.

아직은 자연 상태 그대로 간직하고 있어 여느 바닷가와 별반 다르지 않다. 널리 알려지지 않아서 그렇지 신문이나 잡지 따위, 혹은 방송에 이름이 타기 시작해 작은 나라 안에 퍼져들면 사람 몰리는 것, 개발되는 것, 아무쪼록 땅 투기 바람이 빠질 수 없는 곰배팔이가 껴들어 콩 놔라, 팥 달라 귀가 얼얼하고 입술이 다들 두꺼워질 것이다. 안 봐도 뻔할 노릇.

"우리 자금으로는 건드리지도 못해, 이곳은."

"그냥 바람이나 쏘이려고 온 것뿐이야. 별 뜻도 없고."

"그렇기는 한데 내겐 영 숙제란 기분이 들어서 말야."

"그냥 바람이나 쏘이고 술이나 먹자, 이래야 편하다 이거 아닌감?"

가죽잠바 원배가 두 사람 사이에 끼어들었다. 그는 잠바 주머니에 양손을 찌르고 거들먹거리는 몸짓을 계속해 댄다.

"저기 저게 뭔지나 아나. 저게 그거라메, 남자 ×바위라고. 아들바위라고도 부르고."

"저 모양이 남자 거시기와 쏙 빼닮지 않았어?"

"사내 꼭지라 지미 눈들은 살아가지고. 그렇다는 설이 내려오고 있다나 봐."

"동네 마당에 들어왔다고 시방 우세를 떨 것도 없어. 그냥 바람 쐬러 온 거니까."

동네 풍광이랄 것은 뭐 이렇다 할 정도로 내세울 만한 게 저거밖에 없는 뻐드름한 모습이었다.

유명한 데가 거짓말을 보태어 내려오듯 지네 형상도 아닌 밋밋한 석문산 아래는 테를 둘러 이룬 바닷가가 서해를 심심하게 맞바라보고 있고, 한갓 포구라 불러지던 그만그만한 바 닷가다.

몇몇 가게가 줄을 지어 띄엄띄엄 길컨에 붙어서 마을 사람 들이 찾아오는 외지 사람들을 위해 담배 가게, 슈퍼, 어선 통제소, 수산물 직판장, 주점 등이 문을 연 게 고작이다.

언제 떠오르는 해를 호텔 베란다에서 커피 마시며 음미하 는 관광이 현실로 될까?

"자, 이제 저기 '해뜰날 가든'에 가 볼까?"

그 가든은 이곳으로 들어오는 길목에서 산 쪽으로 언덕배 기에 보란 듯 턱하니 자리 잡고 있는 2층 하얀 집이었다. 갯 바람을 맞는 솔숲에 오롯하게 휩싸여 돋보이는 흰 집− 돈 많 은 서울 사람의 별장 같게도 보였다.

"잘 아는 집이야?"

"잘 알다마다. 평오 씨도 군청에 있었으니까 알 텐데. ○ ○신문 당진주재 남 기자라고 오래 있다는데."

"건너 들어서 알지. 그 주재기자와 저게 무슨 상관이여?"

앞장서 가던 광옥 씨가 소나무가 선 오르막길에서 오렌지 색 바바리 자락이 펄럭이게 휭하니 돌아 평오를 바라보았다.

"진짜로 감을 못 잡겠어?"

따질 듯한 표정으로 그녀가 묻고 있었다.

얼른 평오는 뒤로 고개를 돌렸다. 원배는 아직 뒤처져서 오고 있었다.

지방신문 주재기자들은 여타 회사처럼 시험 보고 입사한 사람들이 아니었다. 도청이 있는 대전권에 있으면서 충남도 내의 각 시군까지 기자를 두고 영향력을 과시해 왔다. 여타 몇몇 지방신문들은 대전에 본사를 두고 거기 기자들은 공채로 시험을 봐 채용을 하는 데 반해 '주재기자'는 입사 방법이 달랐다.

가령 선임 주재기자가 나이가 정년에 이르면 자기 지역에서 활동력이 있거나 평판이 괜찮은 사람을 찾고, 만에 하나 기자 활동을 한 경험자가 있다면 그를 추천해 주재기자로 채용하는 것이다. '무관의 제왕'이란 기자의 허상은 지방신문들이 기자 월급을 약하게 주는 반면에 채용 때의 직급은 기자, 차장, 부장, 부국장, 국장급에서 발령 추세가 부장이나 부국장으로 높게 계약을 한다는 것인데 그래도 월급은 다른 직업에 비해 떨어진다.

위상을 높여서 발령하는 것은 지역의 출입처, 특히 공무원을 상대할 때 그 예스맨들에게 꿀리지 않고 취재 활동을 하라는 이유가 크지만, 주재기자들은 과거부터 현재까지 '광고 영업 활동'도 겸하고 있어 그 이중고를 잘 헤쳐 가야 하는 숙제가 있다. 취재도 하고, 광고 수주도 하는 게 지방신문 주재기자들의 업무이고, 약한 월급에다 자신이 수주한 광고의 인센티브를 받아 충당해 가장인 기자는 생활비나 아이들 양육비, 교육비로 살림을 근근하게 꾸려 가는 거다.

어지간히 올라왔는지 저 아래 바다에는 밀물이 들어와 먼 바닷물이 고기비늘처럼 반짝거리게 빛나며 썰물이 흘러가던 갯고랑도 훨씬 맑은 물로 불어나 보였다.

"얼리 올라와."

"평오 씨, 진짜로 모르는 거야? 알 만도 할 텐데."

"들어서 알지. 그럼 제게 남 기자네 꺼야?"

"그게 아냐. 그 사람네 집안 형이 운영하는 건데 소문은 역시 소문이더라고."

주차장에 들어서자 차가 여러 대 있었다. 큰 돌로 층층을 이뤄 쌓아 만든 입구부터 바닥 주변은 잘 정리되어 있었다.

"분위기도 근사한데-."

홀 안으로 들어섰을 때 원배가 뻐기었다. 이런 델 두고 그냥 넘어갈 수가 없었다. 하기는 녀석은 가 보는 데마다 족족 이 싫다는 말을 뱉은 적은 없는 거 같다.

데스크에 앉아 있던 중년 여자가 우리를 보고 자리에서 일어나 성큼성큼 나왔다. 귀티가 나는 모습에 화장까지 세련된 중년의 모습이다. 저래서 여자를 꽃이라 부르는 것인가.

"아, 이게 누구신가요. 우리 김 원장이 이 구석진 먼 곳에 있는 우리 영업장을 다 찾아 주시고."

"뭐, 못 올 데를 왔나요? 하도 유명해서 얼마나 잘하는지 구경 삼아 왔어요. 사모님이 우리 가게 단골손님인데 관리도 할 겸 겸사겸사."

"하여튼 고마워요. 자 어디로 모실까나. 내실로 갈까, 바다 풍경이 보이는 저곳으로 할까."

"바다가 보이는 데가 좋겠어요."

우리 셋은 이파리가 무성한 이름도 모르는 이국 화초들을 지나 창 쪽으로 가 앉았다. 여기에서 보니 저 아래 바닷가 마을이 한눈에 쏙 들어왔다. 저 바다 끝머리에 불끈 치솟아 오른 노적봉도 확연하게 가까워 보였다.

"여기가 바로 명당자리이네. 저것도 보이잖아. 국화도. 여기가 이래서 소문이 그렇군."

칸막이 없이 키가 큰 화분으로 여유 있이 배치된 실내. 천장에는 계속 쉼 없이 변화하는 안개꽃 조명이 밤하늘의 은하수를 연상시키고 있었다. 창가에 테이블이 세 개가 놓여 있는데 그들이 앉은 곳은 가운데 자리였다.

"했든 김 원장도 좋은 자리는 잘 찾는구만. 옆의 남자 손님은 저걸 보려고 여기까지 찾아온 만화가라던데, 안목이 비슷하네."

여주인은 직접 보리차와 물수건을 가지고 와서 곁말도 붙였다. 왜목 일출을 보고자 찾아왔다고요, 서울 만화가라던가 그래요.

"이따 한번 인사해요."

바로 우리 뒤컨에 앉아 있는 젊은 남자가 만화가라는 예술을 하는 이였다. 뒤편과 등지고 앉아 있는 평오의 머릿속에 갑자기 복잡한 발전소의 기계음 소리가 뒤엉켜 제멋대로 돌아갔다.

까만 전구에 불이 번쩍 들어왔다. 그래, 저런 사람이 우리 팀이라면 좋은 상품도 쉽게 만들어지지 않을까. 비상한 머리로 아이디어가 톡, 톡 튀어날 수도 있을 터인데. 하지만 아닐 수도 있다.

그는 혼자인 모양이었다.

우리는 광옥 씨가 시켜 준 이 집의 자랑거리라는 해물잡탕에 참 소주를 곁들여 먹성 좋게 먹었다. 그녀도 쓰디쓴 소주잔을 받아 놓고 안줏발을 세우며 홀짝홀짝 넘기는 게 귀여워 보였다.

그때마다 "술이란 자고로 이렇게 먹는 거여."라면서 원배가 단숨에 소주잔을 털어 넣는 거였다.

돈푼깨나 못 버는 백수들이 먹는 건 잘도 먹는다는 속설이 내려오듯 먹을 복 터진 것처럼 성찬이 벌어졌다. 아닌 말로 돈 있는 놈 것 벗겨 먹는 것처럼 맛있는 게 또 어디에 있단 말인가. 없는 것과 굶은 것은 인간 본능에서 오는 탐욕으로 죄 이전에 존재하는 신성한 말이 아닐까. 그렇게 틀림없다고 믿는 우리들은 없는 것을 부끄럽게 여기는 건 참말이고 신조이기도 하다.

그래, 우리 팀 물주가 내는 이런 자리는 억수로 음식 맛이 철철 돋워 좋다. 우리에겐 늘 이러한, 푸짐하지는 않지만 즐겁게 먹을 수 있는 자리가 계속되기를 바라는 게 꿈인지도 모른다. 재벌들이 금고 껴안고 사는 그런 돈도 필요가 없다. 자기 삶을 살아가기에 필요한 만큼만 있으면 좋겠다는 거다.

"어이 씨발, 술이 오르기 시작하네."

두 병째 들어가는 술맛은 두 사나이들의 가슴에 불을 댕겨 놓기에 딱 맞다고나 할까. 여자가 옆에 있든 없든 간에 술맛이라는 게 혓바닥을 촉촉이 감싸 놓은 뒤라 술 취한 눈으로는 변별력 없는 감흥만 끊임없이 나온다.

갈 데까지 가 보자는 심보로군. 어째 남자들이란 술만 취하면 쩨쩨하게 다 저렇더라. 앞자리 있는 평오나 원배가 잔을 비운 술 탓에 그렇게 보이는 건 어렴풋하게나마 취했다는 반증인데 더 마셨다가는 무슨 일이 일어날지도 모를 일이다.

"야, 오늘랑 이쯤에서 그만 마시자. 더 마시면 내 머리에 '삑'하고 전깃불 들어온 것 끊어지게 생겼다."

"그거 난데없이 무슨 말이야. 술을 먹다 말고?"

"아냐. 오늘은 이만하자. 지금 당장에 할 일이 생겼다. 우리 생사가 달린."

번들거리는 낯짝에 술 오른 기색이 완연한 원배의 콧잔등이에 하얗게 윤곽이 그려졌다. 시동이 걸렸다는 데도, 평오한테 원망스럽게 신호를 보내 봤자 이길 수도 없는 일이란 건 너무 뻔했다.

"진짜로 그만 먹을 거야, 이제 불붙기 시작할 땐데."

"다음에 또 먹자. 오늘은 할 일도 있고. 다음번엔 내가 사 줄게."

평오가 광옥 씨를 슬쩍 살피며 원배의 아쉬움을 달랬다.

사실 그녀는 오늘 이 자리를 오지게 생각을 하고 온 것은 아니었다. 사무실에 들러 자금을 건네주고 올 일이었는데 여기까지 와 버린 것이다.

마땅히 밥 한 끼를 사야 한다는 건 사소한 일쯤이라 여기는 것이라 읍네 말고 이왕이면 고향 마을에 와서 사 주고 싶었을 뿐이다. 머릿속이 헝클어질 대로 뒤죽박죽일 평오한테 미안스러워서.

"그래, 오늘은 이쯤에서 끝내. 평오 씨가 일이 있다잖아."

"할 수 없군. 다음번을 기약할 수밖에."

아쉬운 듯 술자리를 훑어보던 원배가 탁자를 짚고 자리에서 일어섰다. 적게 마신 술도 아닌데 마음바닥에 허전한 바람이 불어왔다. 창유리 저쪽 아래 바닷가는 제법 물이 차올라 풍경 그림도 더 좋게 보였다.

"자, 나가죠."

먼저 광옥 씨가 앞섰다. 아쉬운 원배도 이 상황에선 어쩔 수 없었던지 술 먹을 마음을 꺾고 뒤따라 나선다.

"다음에 또 걸판지게 먹자구. 오늘 못 마신 술까지 걸게 사 줄 테니."

"그려 그럼. 아무렇게나 하자구."

평오는 원배의 등을 토닥이다 잠시 주춤거리며 바로 뒤편에 앉은 사내가 있는 데로 다가갔다.

"웬만하면 읍내에 나가서 묵어요. 여기보다 한결 나을 텐데."

평오가 등성이 길로 멀어져 가는 차를 힐끗 바라보다 흰 등산 모자를 쓴 서울 사내에게 말을 건넸다. 막 광옥 씨와 원배를 떠나보낸 뒤였다.

"글쎄, 어떻게 해야 하나. 오늘은 여기서 잘까 했는데요."

"먼 길을 내려왔으니 하루쯤 바닷가에서 묵어 보는 것도 좋지 않겠지만 불편한 게 있을 겁니다."

"……."

두 사내는 걸어서 왜목 바닷가 쪽으로 향했다. 주말이 아 닌 평일 때는 찾아오는 사람이 한적해 어느 어촌과 똑같은 곳이었다.

저물 무렵 손님도 뜸한 가게에 불들이 켜졌다. 켜진 전구 불빛에 드러나는 모습도 달라지는 게 없기는 마찬가지였다. 노적봉 아들바위가 전국 명성을 타자면 이곳은 관광지 개발이 시급한 곳이다. 현재 앞바다 주변을 빙 돌아 쌓은 둑성이에 널려 있는 그물이나 배에서 쓰는 어구들이 갯벌에 오랫동안 자리 잡아 방치된 모습이 언제 달라질는지 모른다.

포구 시절의 냄새가 가셔 버린 지는 오래였다. 뱃전에서 풍기던 비린 생선 냄새나 선창에서 흔하게 흘러나오던 노랫가락들. 뿌연 해무 속에서도 되살아날 듯한 예전 주모의 깔깔거리던 웃음소리, 그에 반한 남정네의 희떠운 소리들은 다 어디로 떠나가 버렸나. 걷다 보면 발치에 밟히기라도 하련만 바다 사내들과 염문을 뿌려 댄 그 끈적거리던 소문들은 이제 떠나 갯바닥에 나뒹구는 빈 소라 껍데기에 사뿐 숨어 버렸다. 곪아 터질 만큼 질펀이던 육담이 썩어서 고일 만치 수많았던 지난날이여—, 분홍빛 세월은 다시는 돌아오지 않을 테다.

서울 사내는 청바지에 홀가분하게 잠바를 걸치고, 받쳐 입은 붉은색 티셔츠가 노란색과 어울려 젊은 티가 풋풋하다. 나이는 많이 먹었어야 한 30대, 그럴 것 같다. 한창 물 좋은 나이. 서울 물먹은 얼굴이 모자를 썼는데도 다 드러났다.

'와우, 예술 하는 냄새가 풍기긴 하는구나.'

"이곳에는 잘 곳이 없나요?"

잠바에 손을 찌르고 빈둥거리던 그가 물었다. 여기에서 하룻밤을 자겠다는 눈치였다. 올라가지 않는다니…… 됐다.

"여기는 아직 여관급은 없고 민박은 할 수는 있는데 저기 가면, 도비도라면 유스호스텔에 방이 있을 겁니다. 거기로 갈까요?"

눈앞의 바다는 점점 거뭇거뭇 짙어지는 어둠결에 잦아들었다. 바다 저쪽에 떠 있다는 국화도 섬은 아예 시야에 들어오지 않았다.

"여기서 저랑 하룻밤 묵으시죠. 이곳에 대해 물어볼 것도 많을 테고 그러니까. 민박집이면 어때요. 시골 냄새 맡으며 지내는 것도 행운인데요."

"그러죠 뭐. 첫 행선지에 대해 궁금한 것도 물어보고요."

평오와 청년은 불빛이 환히 새어 나오는 슈퍼로 걷기 시작했다. 하룻밤을 묵을 곳을 찾기 위해서.

"핫, 핫, 하~."

그래 거 잘했다 야. 이젠 뭔가가 될 것도 같다. 종집이 너무 좋아했다.

돈이 되는 사업을 한시라도 빨리 벌여야만 이 허기진 오장

육부가 훨훨 기지개를 펼 것이기 때문이다.

돈-거, 무엇이더냐. 마냥 정비공장에서 손에 기름때를 범벅이고 칙칙한 작업복을 입고 남한테 돈 벌어 줄 일이 더 이상은 없어야 되지 않은가. 아무리 맹목적으로 청춘을 빈 털털이로만 궁색하게 살 수만은 없는 일. 사나이로 한번 태어났으면 '남아일언 중천금'이 아니더냐.

"그래, 우리와 언제 상견례를 할 거여. 빠를수록 존데."

사무실이 오랜만에 술렁임으로 활기가 도는 것만 같다. 봄날의 어수선한 꽃 잔치가 과연 될 것인가. 늬미 우리한테도 죽으라는 법은 없나 보다. 암 그래야 하고말고.

그는 오늘 아침 왜목에서 평오와 나와서 당진역에서 장항선을 타고 서울로 올라간 만화가 지평권이었다. 나이는 32살. 현재 직업은 전업 만화가.

요즘 어느 스포츠 신문에 음식에 대한 만화를 연재한다고도 했다. 제목이 '뭔 식도락'이라나 '무슨무슨 미식가'라나 했는지 가물가물하다. 그가 찾아온 건 뜨는 꺼리가 뭐 없을까 하고 내려온 게 이유라고 했다. 매번 전국의 독자들을 상대로 새 소식 같은 정보성 음식 만화를 그리다 보니 지방 현장을 돌아다니는 여행길이 많다는 것이고, 평오는 간밤에 만화가의 아내 이름을 들었는데, 그 이름이 너무 예뻐서 기억에 오래 남을 것 같기도 했다. 생소했지만 하도 좋은 '정미소'라고 말했는데 조각가라고 했었다.

"여기가 신문에 난 대로 우리들 상식을 가차 없이 깨 버리는 서해 일출이 근사하고 머물기가 괜찮다면 이곳으로 내려와 작업을 할 계획도 있다는데, 두고 봐야지요."

그랬다. 그한테 어젯밤에 들은 얘기는. 잠도 설친 가운데 오늘 아침에 서쪽에서 떠오르는 해가 어떻게 보였는지 그 만화가는 보고서 갔다. 반응은 더 기다려야 했다.

서울 토박이가 시골에 내려와 산다는 건 신기한 노릇이지만 우리 지역사회발전연구소를 위해서는 큰 기여를 할 거라 평오는 내심 생각했다. 만약에, 아니 그가 꼭 와서 우리 사업에 만화가로서 감각과 아이디어, 서울 사람이 갖고 있는 정서를 얻어 내 엮는다면 사업은 무엇이 되든지 가능할 것 같은 확신이 들기 때문이다. 우리에게 상품을 만들자면 그 같은 위인이 무엇보다도 꼭 필요했다.

저번 서해안 탐사 길 결과가 뻐드름하게 결정되지는 못했어도 우리가 공감하는 건 단연 현대적 상품 개발에 눈들이 모아졌다고 하는 점인데, 내포지방의 냄새가 제대로 박힌 건, 저 보령의 갯벌이 고급 화장품으로 '머드'로 둔갑된 것처럼 되었으면 하는 욕심들이었으니 평오한테는 더 부담이 될 수밖에 없었다.

"언제 온데?"

"이제 제 눈으로 봤으니 연락을 준다고 했어."

"그렇다고 마냥 기다리는 거야?"

"똥 타는 건 나도 마찬가지야. 젊은 놈이니까 며칠 새에 전화로 가부를 전한다 했으니까 기다려 보자구."

평오는 2호점 사무실에 나온 즉시 간밤에 끼적거리듯 세운 기린나팔 불 듯한 계획서들을 대충 추려서 명애가 치기 좋도록 순서대로 매만졌다.

(아~, 2호점 사무실은 당진역전 근처에 마련된 10여 평의 아지트라고 늦게서야 말하게 됐다. 사실은 신례원역 앞의 지역사회발전연구소를 마련할 때는 자금이 많지 않았고, 멤버 5명의 식견이나 경험도 부족했으나 젊은 의욕에 앞서서 거창한 걸 찾게 돼 임대가 비싼 당진역 근처를 떠나 장항선의 신례원역에서 당진의 합덕, 신평, 기지시, 당진을 거쳐 운산, 서산을 감돌아 홍성역으로 이어지는, 그 시발지가 우리 짧은 식견으로 신례원역으로 보았던 것이다. 그 이후에 사업이 잘되면 신례원역에서 당진역으로 우리 연구소를 개선장군처럼 이전할 계획이었던 것이다. 그런데 신례원역에 연구소 문을 열고 당진 지역 해안 지역을 타깃 삼아 일을 벌이다 보니 군청을 이용해야 할 일이나 역 주변을 소홀하게 다뤘던 경험 부족이 당진역 부근에 2호점 상주 사무소를 얻게 된 이유였다.)

평오가 간밤에 끼적거려 세운 계획서는 바로 쌀 내용이었다. 명제가 다름 아닌 우리네 쌀이었다.

우리가 먹는 쌀은 세상 살기가 그럴듯해지니까 생산량은 느는 데 비해 1년 소비량은 자꾸만 줄어드는 게 말이 안 되는 현실의 연속이다. 이러다가는 쌀은 떠밀려 죽고 말 것이 분명하다. 살려야 한다. 살려야 하고말고. 그럼, 어떻게 가공하느냐에 따라 달라지는 게 상품의 가치이고 그걸 우리 사업으로 만들어 내야 하는 것이다.

어떤 절박한 욕심이 평오한테 타올랐다. 부글부글. 멀리 있던 욕망이 갈빗대에 붙어선 갈기작거리며 긁어 대었던 것이다.

당진역에서 상행 기차가 떠나는 소리도 들리지 않았다.

역전 광장을 지나치는 사람들의 옷차림도 이제 한결 화사해졌다는 느낌은 받았으나 꽃이 피기에는 이르지 않은가.

아니다. 곧 개나리나 진달래가 필 때로구나. 논 못자리조차도 이제 구경할 수 없으니 싹 틔운 볍씨는 따뜻한 하우스 안에서 묘판에 기계로 돌릴 것이다.

"안녕…, 왜 이렇게 빨리 나왔어요. 무슨 일이 있어요?"

출근하는 명예한테 청소는 나중에 하라며 챙겨 놓은 걸 디밀었다.

"이것부터 빨리 쳐 줘."

"급한 거예요?"

평오는 대답 없이 고개를 끄떡였다. 핸드백을 내려놓은 명애가 컴퓨터에 전원 스위치를 켜고 앉았다.

"나 좀 나갔다 올란다. 쳐서 인쇄해 놔라."

밖으로 나온 평오가 역 광장을 지나 천변 쪽으로 걷기 시작했다. 아침 출근 시간이 아직이지만, 오늘은 장날이라 역 출입구 쪽에서도 벌써 장을 벌리려는 사람들이 제법 나오고 있었고 광장에도 역 대합실로 가려는 학생이나 사람들 발길이 오르락거리고 있어서 한적하던 날과는 달라보였다.

그는 천변 골목길- 흔히 방석집 골목이라 부르는 홍등가로 접어들었다. 새벽녘까지 영업을 해서 이곳의 아침은 정오쯤이 지나야 시작되는 곳. 걸판지게 간만에 술을 퍼먹었을 그대들이 얼핏 떠올라서 웃음이 나왔다.

일명 개골목이 끝나는 데서 철길로 넘어가는 길목인 오른쪽으로 몸을 틀어 올라갔다. 철길 위로 올라서니까 저 위쪽 역사 플랫폼의 하늘로 벌린 날갯죽지 지붕 아래 모여 늘어선 무리가 보였다. 상행선 쪽으로 엿가락 두 가닥이 사이좋게 뻗어 나가다 어느 쯤에서 휘이 몸을 숨겨 버리는데 아마, 그 엿의 끝자락에는 아마 서울이 턱 버티고 있을 거 아닐까.

돈맛 들린 놈들만 득세하는 곳은 멀면 멀수록, 아예 눈에 보이지 않았으면 좋겠다는 생각을 하며 발걸음을 재촉했다.

길목엔 하나같이 이마를 맞대고 팔까지 어깨동무한 가게

들이 즐비하게 상호만 달리하고 늘어섰다. 찰거머리 인생들이 바가지로 돈을 버는 곳. 여기는 늙은이들이 재미 삼아 일한다는 부동산 중계업소들도 거지반 모여들 있었다. 놀아도 끼리끼리, 밥 한 끼를 먹어도 끼리끼리, 공을 쳐도 내남없이 끼리끼리 한다는 늙은이들 불문율이 통제를 받는 구역. 웃기는 동네지만 상호만큼은 안 그렇다. 돈 냄새가 철철 붙어 있는 거다. 지독한 돈벌레들!

여기부터가 비포장 길이었다. 어찌 웃기지 않나. 노인네들이 거개 집주인인 가게를 부여잡고 군에서 길 확장을 계획한다 했을 적부터 한사코 반대한다는 이야기도 흘러 다니기도 했다.

왼쪽 완만한 언덕바지 위에는 초등학교가 울타리 담을 틀고 담 밖으로는 흔해 터진 아카시아, 담 안쪽으로 포플러 나무들이 서서 하늘을 바라보고 있었는데 아이들보다도 자기들 잇속만을 내세워 아예 손사래를 치다니, 한마디로 쥑일 놈들이지. 지들밖에 모르는 놈들.

평오는 재빨리 움직여 그만그만한 곳을 빠져나갔다. 학교 정문이 가깝게 보이는 곳에서 갈라지는, 또 다른 길로 들어서니 좌우로 논들이 성큼 들어오고 ××가든 3층 건물이 코끝에 걸려 들어왔다. 면천 길―홍성으로, 서산으로 빠져나가는 외곽도로였다.

그 네거리 바로 위에 자리한 게 가든이고, 그 밑 네 귀퉁이 아래쪽에 우르르 몰려 있는 가게 건물들이 보였다. 우리 소장 종집이가 정우 형과 자동차를 수리하며 기름밥을 먹는 정비공장이 거기에 자리를 잡고 밥벌이를 하는 곳이다.

내걸린 간판이 시야에 들어오자 양켠의 마른 논바닥들을 뒤로 밀어내며 평오는 다리에 힘을 넣어 걸었다.

"야! 네가 여기까지 웬일이냐. 몸소 다 왕림하고?"

공업사 마당에 들어서는 평오를 본 정우 형이 안 사무실에서 도구상자를 갖고 나오다 반겼다. 작업복으로 갈아입은 형은 여지없이 이쪽 출신 같은 모양새가 배어 그야말로 기름밥 출신다워 보였다.

"여기까지 운동 오면 안 되나."

"왔으면 들어가."

닦지도 않아 먼지로 범벅이 된 유리창 문이 열리더니 머리에 갈색 아망위를 쓴 머리가 쏙 내밀며 하는 말. 종집이 목소리다.

바로 문 앞에 자동차와 밀접한 작지도 않은 도구들이 자리해 늘 너저분한 살림 모습이 여전 바뀔 줄을 모른다. 어디 공업사라 한들 뭐 뾰족한 방법이 있을까만 이런 환경에서 돈이 모아진다는 것이 평오에겐 희한한 일로 여겨지는 거다.

"웬일이야, 이렇게 일찍이."

되묻는 말에 대답도 없이 자동차 부속들이 허다하게 들어 찬 구석 소파에 가 평오는 엉덩이를 걸터앉았다.

"저녁에 좀 모여야겠다. 은밀히 초대할 분도 있구."

왜? 그렇게 급해하는 표정을 짓는 종집이 의아스럽게 바라 보는데

"결정을 내고 시작해야 되지 않겠냐. 소꿉질하는 것도 아 니구."

"언간히 감을 잡긴 한 거로구나. 야."

라며 오히려 빙긋 웃어 버리는 종집이 '땅' 잡았다는 표정 이었다.

"그래. 그렇게 하자. 그런데 누가 오는데?"

"내가 가서 만나 봐야 알어. 아직은."

"무슨 말이 그러냐. 잘 나가다가."

"가서 내가 설득해서라도 모시고 올 참이다. 이럼 됐냐."

그때 정우 형이 들어왔다. 눈치로 둘 사이의 분위기를 읽 은 정우 형.

"무슨 문제가 있는 거야?"

"아뇨. 문제라기보단 우리가 결단을 해야 할 일이…."

말끝을 흐리는 평오는 힘이 없어 보인다.

"누굴 만나야 하는데?"

종집은 아까부터 그게 궁금해 여간 견딜 수가 없었나 보았

다. 누군가 우리의 후원자가 될 건지를, 제 성미대로 참고는 그냥 넘길 위인이 아니라는 걸 평오 역시 잘 알고 있었다. 그래 넌지시나마 성사 차원을 떠나 알려 주고 싶었던 터였다.

"이수원 과장."

"야이, 힘센 그 과장. 우릴 도와줬음 좋겠다."

"이 상황에서 우리가 별 따기겠지. 하지만 얼마만큼 업그레이드가 될지는, 시켜야 되고. 우리 팀웍이 상당히 부족하니까 그 부족한 걸 그 사람한테 채워 가야 해. 그런 줄이나 알고 있고 만나고 와서 얘기할게."

평오는 서둘러 일어나 나왔다. 아침 햇살을 받은 네거리엔 아까 올 때보다도 차량이 2배나 늘어 움직이고 있었다.

"형님, 저 갑니다. 돈 많이 벌어요."

"그~래. 너도 수고해라."

서울 만화가 지한테 전화가 왔었다는 전달을 받았다. 명애가 메모해 놓은 말이었다. 어찌 되었을까. 오는 것인가, 아니면 다른 데로 가는 것인가. 어찌 결정을 했는지 궁금해졌다. 잘되었으면 힘이 될 텐데.

정수기에서 뽑은 냉수를 벌컥벌컥 마시니 가슴이 후련해지면서 입안에 있던 조갈증이 가라앉는 기분이었다. 평오는 그때서야 한시름이 놓였다.

저녁때가 가까운 시간. 한결 낮 시간이 길어진 것 같았다. 겨울날 같았으면 지금쯤 어둠이 짙어도 한참일 때일 건데 봄바람은 여전 불고 있는 게 사실인가 보다.

자리에 앉자마자 평오는 전화 송수화기를 들었다. 우선 소장 종집에게 이 과장을 만난 건의 결과부터 알리기 위해서다.

"여보세요. 나 평오야. 응. 얼마간은 허락을 받았어. 쌀 사업 건이야, 우리 사업이 쌀이라구. 이따 7시까지 여기로 와. 그 양반도 온다고 했거든."

또 전화를 할 데가 있었다. 전화가 왔었다는 서울 만화가 지평권한테 말이다. 그의 번호는 핸드폰이라 숫자가 길었다.

서울 동네들은 거개가 핸드폰으로 쓴다는, 외출해서도 편하게 일을 볼 수 있다는 장점 때문에 젊은 층에서 유행처럼 번지고 있다는 것이다.

'……'

신호음은 계속 가는데 전화를 안 받는다. '부재중'이란 여자의 안내 말이 뒤따라 붙어 나왔다.

'도대체 무얼 하는 거야. 전화도 받지 않고.'

7

택시 드라이버

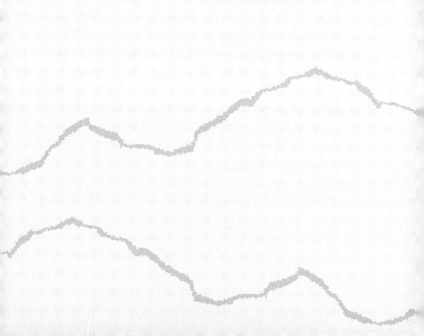

남녘에서 꽃 소식이 올라오기 시작했다. 지지고 볶아 대던 황사가 한 달 동안이나 한반도 좁은 땅덩어리를 한 차례 들쑤셔 놓더니만, 우리들의 탐사 길도 훼방을 놓았고 그래 쌓더니…… 이제야 봄다운 개화 소식이 들려왔다.

여기는, 어디라 할 것 없이 개나리가 꽃망울을 맨 먼저 터뜨릴 것이리라. 동네 길거리 길섶이나 아파트 울타리, 학교 주변에는 그게 빠질 수 없는 봄꽃으로 애들 가슴에 잠깐이나마 공부를 빼어 버리는 수작을 해 대고 있을 뿐 아니라 읍내 곳곳에 수굿하게 무리 지어 핀 그것부터 봄은 무르익어 가기 시작한 거였고 그다음에가 진달래다.

노란 셔츠 입은 꽃은 당진의 꽃이라 일컬어지는데 그거 아는 친구들 별반 없으니 몰라도 십시일반 밥은 굶지 않을 터다. 복지겸의 딸 영랑이 100일 기도인지 1,000일 기도인지를 마친 다음 아버지의 병을 진달래 담은 술로 고쳤다는 전설을 면천 사람뿐 아니라 거지반 알고 있는데 아미산에서 오래전부터 시작해 내려오는 '진달래 축제'가 봄을 달구어 버린다.

장항선도 봄맞이 행사를 하기는 매한가지. 더군다나 자가용 시대가 빨라지면서 급감하는 관광객 유치를 위해 서비스를 늘리고 이벤트 행사도 하는 모양이라지만 시대가 바뀌는 양상에 별 뾰족한 수 없이 곤혹스러워하긴 마찬가지인 것 같았다.

이래저래 봄날은 성큼 코빼기 뵈듯 다가들고 해토머리에 얼다 녹은 흙빛이 되살아나 온통 꾸물꾸물거리는 아지랑이 신기루 떼로 읍내 천지를 뒤덮는구나. 마치 '지금 세상이 봄인 겨'라고 말하듯이.

에라, 그런 심란한 감정도 볼끈볼끈 감내하며 꾹꾹 눌러가면서 사무실로 찾아올 사람들을 기다렸다. 더듬이로 잘도 더듬어 길을 찾는 벌레같이 찾아올 것이다.

"빵- 빵-."

어라, 이게 무슨 소리인가.

"빵- 빵-."

누군데 밖에서 경적 소리를 요란스레 내는 거야. 평오는 자리에서 그만 벌떡 일어났다. 창문으로 다가간 그의 눈이 또릿또릿 빛났다.

'어째 저럴 수가.'

라며 벌어진 입을 다물지 못했다.

빨간색 엘란트라에서 먼저 내리는 건 다름 아닌 권 자문역 이었고, 운전석에서 원배가 내렸는데 그 녀석의 입가에는 때 아닌 함박꽃이 벙글어져 봄날이었다. 녀석은 내리자마자 타고 온 차를 쓰윽 돌아보았다.

오랜만에 얼굴을 나타낸 권 자문역이 그만 들어가자는 손짓을 보이자 원배가 입고 있던 가죽잠바 끝이 씨잉 돌아갔다.

평오는 짐짓 내쳐 바라보고 있다가 사무실 문을 열어 맞았다.

"어서 오십시오."

"웬 이런 서비스까지. 민망하구먼."

말은 그랬어도 실제로 노인네인 권 자문역은 과히 싫지 않은 표정이었다.

"어쩐 일로다…, 밖에 차는 또 언제…."

"고생도 많이 하는데, 그냥 모른 척하고 탁 넘어가면 안되나."

"열렬히 고생하는 사람한테 그런 모진 말 하지 말지요. 우리끼리나 알고요."

"그러니까 무슨 비밀이 그럴싸하게 깔리는 거 같다."

이쯤 되니 오히려 평오가 빗대는 말이 밑으로 엇나가는 투다.

좋은 일 있으면 예전부터 나눠서 들으라고 했다고 집안일이면 뭘 감출 게 있느냐는 뜻인데 그걸 듣자 하면 아무래도 평오가 주춤 꺾이는 수밖에 도리가 없어서 응당,

"우선 앉으시지요."

라며 자리를 권하고 덩달아 원배 옆으로 앉았다.

진즉에 그럴 일이지. 그러나 뜸들일 평오가 아니었다. 대뜸

"어째서 새 부자가 되었던가요? 그것도 둘이서만."

"숨도 아직 안 돌렸어−."

"그렇게 알고 싶어? 물론 알고도 싶겠지."

사연은 이러했다. 오래전 퇴직 후에 새 차를 뽑았다는 것이다. (염병할, 돈 있으면 저 지랄들이여) 정년 뒤에 엄벙덤벙 시간을 낭비하는 것보다 유용하게 쓰려면, 읍내에 볼일을 보러 나가는 것이나, 앞으로 쉼 없이 닥쳐올 애경사들 치다꺼리를 하려면 에라, 눈감아 버릴 수도 없는 처지에 놓인 몸이라 여러 날 장고에 장고를 거듭한 끝에 우선 '편하게 살아 보자' 하고 냉큼 마련했다는 거다.

아예 처음부터 읍내 자동차 운전학원에 등록해 몇 달이 걸리더라도 면허를 따 볼 작정을 다짐하고. 그런데 지금 벌여 놓은 부동산 일이 그때 계획상에 없어서 밀어붙일 심산이었

는데, 차만 집 마당 컨에다 박아 놓고 보니 이것 또한 멀쩡한 잡동사니처럼 에멜무지로 보이더란 것.

나 원 참. 사람 마음이 이렇게 간사한 것이여. 1,000만 원이 넘어가는 목돈으로 비싼 차를 빼다가 마당에 박아 놓고 있으려니까, 그것도 하루 이틀도 아니고 1년, 2년이 넘어서 가니까 동네 이목이 부끄럽더라 이거여. 운전을 한시라도 빨리 배워서 우리 부부 유람은 못 해도 바람은 쐴 수 있것다 했는데 덧나 버린 꼴이지 뭘. 허어, 큰 걱정거리가 덥석 덮친 꼴인 거.

그런데 말여. 사람이 그냥 앉아서 돌덩이 맞고 짓눌려서 죽으라는 경우는 없더구먼. 가만히 새 눈을 뜨고 주위를 살펴볼 여유가 굴러오더라니까. 그거이 뭔지나 아남?

여기 우리 식구들이 바로 내 구세주다 이거여. 그런 걱정을 하고 있을 찰나에 나타나 주었으니 내 똥집이 얼마나 흐뭇했을까나. 우리를 그간에 밥 뜸들이듯 찧고 까불러 대고, 혹은 입에다 넣고 깨물어도 봤을 테고, 아니면 요것들이 쓸 만한 것들인가 쭉정이인가를 가늠하느라 '들었다 놨다'를 숱하게도 해 댔을 것도 아닌감. 안 봤어도 눈앞에 선하게 그려질 겨. 내 엉큼했을 표정을 말여.

"사연은 그렇다 쳐도 이 기쁜 날을 자축은 해야겠지요? 고사 지내는 셈치고."

우리는 앉아서 오랜만에 웃었다. 바깥은 점차 어두워지는데 나타나야 할 위인들은 아직 보이지 않았다. 그래 평오는 이참에 말을 하기로 마음을 먹었다.

"아주 잘되었네요. 오늘, 조금 후에 약속이 있거든요. 선생님도 함께해 힘이 되어 주세요."

"누굴 만나기로 됐는데?"

"군청에 이 과장이요."

"그려? 거, 잘됐네. 여기서 내 자축연도 함세나."

"우라질 것. 잘될 때는 이리 돌아갈 때도 있네. 사무실 전속 운전수인 나도 오늘은 목구멍의 때를 벗겨야 쓰것다. 거기에 대해서 평오야, 이의가 없겠지?"

"내 무슨 이유가 있겠어. 이래 봐도 우리 자문역님께서 하는 일인데. 야, 우리 소장 오면 입부터 째질 일 아니냐."

사실은 이쯤 일이 굴러가면 앞날이 결코 어렵지는 않으리라는 기대감이 드는 것도 같다.

돌이켜 보면 허겁지겁 살아온 건 쥐뿔도 없으나 이쯤에서 삶을 결판내 보라고 건네는 조물주의 기회인 것처럼 한편으로는 여겨지는 거다.

우리는 어디로 가야 할 것인가. 그만 방황을 끝내고 '쌀'로써 승산을 걸어 볼 참인 것. 쌀은 우리의 양식이면서 우리 민족의 영혼이란 말은 너무나 벅차서 말하지 않겠다. 그거에 대해선 무슨무슨 말을 한다 해도 누구나가 수긍할 우리들의 진짜 양식이니까.

땅에서 나는 곡식 먹고 사는 사람은 종내에 그곳으로 돌아가는 순환의 진리를 망각해 버리는 마당에 간혹 그런 족속 벌레들이 자충수처럼 튕겨져 나오기도 하지만, 요즘 들어 생활 방식이 서구화로 되다 보니 자꾸만 1인당 쌀 소비량이 뚝뚝 떨어져 내리고, 정부는 정부대로 쌀 정책을 고심하는데, 그에 반대하는 농민 단체들은 농민을 다 죽이려는 술책이라며 정책을 제대로 하라며 집단 시위를 서울 정부청사 앞에서들 벌이는 시국이 되었다.

더 뜸들이지 말 것. 한국의 토종은 그야말로 쌀이라는 것. 밥을 떠나서는 살 수 없는 민족이라는 거, 그래서 우리가 죽도록 지켜야 하는 게 토종 사업을 벌이려는 이유다.

미용실에는 저녁 시간인데도 불구하고 손님들이 붐볐다. 어쩜 이렇게 돈을 벌어. 명애의 눈에 그게 신기하게만 보였던 것이다.

읍내 중앙통에 있어서 시간 구애도 없이 지지고 볶아 대고 염색하는 여자들. 특히 나 같은 젊은 층들이, 대학생은 아닌 것 같고 어디 직장 여성들 같아 보이는데…. 화려한 실내에 은은한 조명마저 여자들 특유의 감성을 자극해 대는 분위기는 그만인 곳이다.

원장인 광옥이 언니는 중년 부인을 도맡아 손을 움직여 대었고, 두 언니들도 각자가 젊은 애들의 머리를 자르거나 물들이는 행동이, 뒷자리에 앉아 여성잡지를 뒤적거리며 자기 차례를 기다리는 서너 명의 손님 중에 명애도 끼여 있었다.

한 시간 빠르게 사무실에서 빠져나온 명애에겐 금쪽같은 시간이련만 마냥 이러고 있자니 짜증도 나기는 했다.

"명애야. 거긴 잘돼 가는 거냐."

짐짓 탁자 위에 펴진 스포츠신문에서 대문짝만 한 연예인 최 모 양 사진과 제목 카피에 눈이 빨려들고 있을 쯤 귓속에 들려온 소리.

"그냥 그래요."

듣기 좋은 말로 대답하는 명애는 우선 자기한테 약속 시간에 마음이 더 쓰이고 있었다.

두 손을 쉼 없이 놀리면서도 그녀는

"잘되어야 하는데, 너는 무슨 일이 있니?"

뜸한 발걸음에 그 이유를 물어보듯 원장 광옥이는 물었다.

"무슨 일은요. 기분 전환 좀 하려고요."

순 거짓말이었다. 기분 전환 좋아하시네. 여기서 머리를 매만지고 상행 기차 시간에 맞춰 장항선을 타야 하는 명애였다.

데이트, 금요일 밤의 기차 데이트. 애인과 신례원역에서 만나 장항까지 가서 부스럭거리는 밤을 보낼 거였다.

"선희 씨. 빨리 염색 끝내고 쟤 좀 해 줘라. 막차 놓치지 않게."

원장 언니의 말에 명애는 저도 모르게 회심의 미소가 살며시 떠올랐다.

"허어. 이렇게 자주 만날 줄 알았다면 이 과장님을 더 좋은 곳으로 모실 걸 그랬다, 이거."

권 자문역은 오늘따라 자리에선 연로했지만 목소리만은 모처럼 낭랑하다. 이렇게 소홀하게 접대하게 돼 진짜 말이 아니라는 듯 그는 술잔을 냉큼 들고 빈 잔을 그한테 권했다.

그러자니까 평오는 진짜 그를 홀대하는 것은 아닌가 하며 다시금 생각하게 되었으나 모인 식구들 또한 밝은 술자리라 한결 편한 표정으로 둘러앉았다.

"고맙지요. 제가 뭐라고 만날 때마다 대접받는 것이. 솔직히 한편으로는 찝찝한 게 사실이지만 그런 일 자주 있으면 민원 들어온 일 많을 겁니다. 하, 시대가 시대니 만큼 물 흘러내리듯 잠깐잠깐 다르게 변화하고 있잖아요. 어디 지가 뭐라고 거기에 순응하지 않고 뻐기다간 그야말로 큰코다치는 세상이 아닙니까. 저도 변해야죠. 이제 진짜 구습의 묵은 옷은 과감하게 벗을 필요성이 있습니다만 그게 말은 쉽게 하지만 분분하고 시끄럽데요, 되게나."

"그렇게까지 번거롭게 생각하실 필요는 없구요. 사실은 저희가 해야 할 일에 과장님의 아낌없는 요청이 있어 놔서 모인 자리입니다. 그러니 우리가 더욱 미안할 따름이죠. 자본의 시대에 자본으로, 상품으로 말해야 되고 점점 그쪽으로 가는 시대에 마음은 누가 뭐라 해도 우쭐 앞서가지만 자본의 축적 능력이 여의치 않아 고민에 고민을 거듭해 왔습니다. 여기 젊은이들이 짬을 내어 내포자락에 걸쳐 있는 서해안 시군도 답사차 며칠간 돌아보았구요. 무엇이 있는가, 그 무엇을 어떻게 하고 있는가를 눈으로 확인해 보며 우리가 하려는 사업에 도움이 될 것을 결정해 결행하기 전의 실태 조사에 지나지 않았지만, 우리는 이번에 아주 산 교훈 같은 걸 터득하기도 했답니다."

이수원 과장의 말에 평오가 내비친 설명은 그랬다.

한창 젊은 것들이 한데로 딴전부리지 않고 오로지 이 고장의 상품으로 사업 개발을 구상한다는 걸, 돈을 벌어 보려는 의욕이나 투지를 특별히 강조했다.

"그게 뭔지를 대충은 알 것 같네. 흔치 않은 열린 가슴으로 그리 한 바퀴를 돌아다녀 봤으니 의당 짚이는 구석도 있었겠지. 다들 그렇듯이 그렇구저렇구 했다면야 오늘의 이 자리는 없었을 테구 말이야. 어쨌든지 열심히 발버둥질 쳐 물구멍을 찾으면 물길을 찾는다고 했으니 열심히들 해 보세."

그 예전 면천읍성의 흔적이 남아 있는 음식점 주류성 3층에 뱅하니 둘러앉아 두견주로 벗을 삼아 사업 얘기를 화제로 올렸던 참이었다.

어찌해야 경제적인 도움을 받을 수가 있을까. 지역사회발전연구소의 앞날이 여기에 달렸다고 해도 과언은 아니건만 서투르게 말을 꺼낼 것도 아니고, 그렇다고 이제 와서 안 할 수는 없는 일.

완전히 무에서 유를 창조해야만 살아남을 수 있는 것이다. 김치, 된장, 멸치 등 몇 가지만 있어도 어머니처럼 요술을 부려서 잔칫상을 차려 내는 솜씨가 어느 때보다도 절실한 게 우리의 운명이었다.

"모든 게 미미하지만 새 사업을 통해 고향인 농촌의 소득 개발에 의욕적으로 온 힘을 기울이고자 합니다만…."

그리해야 합니다, 라는 말이 나오기 전 종집이 말을 채트렸다. 그래도 평오는 말을 끊어 간 게 과히 기분은 나쁘지 않았다. 내 일이 아니라 바로 우리의 일이라 여겼기 때문이다.

"이 과장님. 저희를 한번 믿고 딱 부러지게 밀어주십시오. 저희가 이 사업을 통해 돈을 왕창 벌겠다는 욕심도 없거니와 변해 버린 시대만큼 거기에 맞는 상품을 개발해서 새 이미지로 우리 고향을 알리며 판매할 작정입니다. 다 여기가 고향인 저희가 뭐라고 옷을 벗겨 먹겠다는 욕심이 아니라, 선배님들이 닳고 닳게 누누이 해 온 방법도 이쯤에서 방향을 바꾸어 놓으면 오히려 자극이 될 수도 있지 않을까요. 저희를 믿고 딱 한 번만 밀어주십시오. 과장님."

"아주 많이씩 연구하고 있기는 합니다. 물론 도와줘야지요. 여러분들처럼 생각하고 있는 청년들이 또 어디 있습니까. 저도 나름대로 곰곰이 생각 중이니 시간 말미를 좀 주기 바랍니다. 가능성이 있는 쪽으로다 고민 중이니까 되게 하려고 합니다."

이 말이 떨어지기 무섭게 종집은 자리에서 벌떡 일어나 이 과장한테 허리를 90도 가까이 숙이며 연신 고맙다고 인사를 해 댔다. 원배놈 얼굴색은 마치 보름달만 하게 훤하게 보이고.

"정말 과장님이 그리 애써 주신다니 진정 고맙기만 합니다. 우선 잘 보셨구요, 저도 처음엔, 기분 나쁜 말이 될지 모르나 시원찮은 놈들 쯤으로 여겼거든요. 근데 아니더라구요. 할 말은 아니면서도 오늘 제 차를 저기 친구에게 사무실용으로도 쓰고, 나도 쓰고 그러자며 넘겨줬어요. 허허."

그랬군요. 권 자문역의 칭찬에 좌중에 끼어 있던 종집이나 정우 형이 놀라움을 금치 못해서 아연 입이 벌어져 다물 줄을 모른다.

"진짜로 그랬냐. 우리 자문역님이?"

"야이. 이거 우리가 극진히 모셔야겠다."

"그게 아니라 우리 사업이 잘되느냐, 안되느냐에 그 성패가 달린 거야. 소장님-."

"여하튼 자문역님. 고맙습니다. 이제는 뭐가 돼도 될 조짐들이 눈에 하나하나 보이기 시작하네요. 너무너무 고맙습니다."

"너무 고마워할 것 없어. 앞으로 일 열심히 하라고 내놓은 거니까."

"자, 그럼 우리 건배 한 번 하고 쭈욱 드십시다."

어쨌든 오늘 분위기는 되는 쪽으로, 이런 경사까지 겹쳐서 기분들은 삼삼하게 들떴다. 룰루룰루 룰라~. 하여간 분위기가 중요하다. 술잔마다 진달래술을 따르고 잔을 부딪쳐 오늘의 기쁨이 오래도록 가길 바랐다. 시작이 반이라고, 반은 지나 본격적인 일 추진이 닥쳐올 거다. 잘해야만 한다.

그래도 평오는 한편으로 불안한 심기가 꺼지지 않고 있다. 군청의 행정 일이란 게 더럽게도 거들먹거리는 구석이 많아서 기존의 계획들이 군의원 앞에서는 무참히 꺾이고 말아 병신 사업으로 둔갑되는 사례를 여러 번이나 목격했기 때문이다.

알짜 전문적인 소견이 아니면서도 우격다짐 식으로 목소리 크게 내지르는 발언이 급기야는 파장을 몰고 오기 때문이었다. 지방자치단체의 발전을 위한 견제와 감시? 웃기지 마라.

그건 말이다, 빛 좋은 개살구를 가리키는 말에 불과하다.

행정의 생리란 종이에 써진 글자가 표현하는 유권해석처럼 그렇게 단순하게 이루어지는 게 아니었다. 몇 자 안 되는, 되지도 않는 행정 어투의 글자들 사이에 알 수 없게 담겨진 비밀은 두 눈으로 목격한 실무 공무원이나 군청 안에서 몸담은 공무원 경험자들만이 뼈저리게 체험하는 것이다. 그런 게 이 자리에서 퍼뜩 떠오르는 이유는 또 무엇인가.

그래, 평오한테도 군청 생활이 10년이었다. 이 시간이면 속속들이 무엇을 알아도 짠하게 꿰뚫어 볼 수 있는 시간이었다. 그걸 몸소 깨닫는 데는 별로 힘들이지 않고 시간이 자연스럽게 해결해 주었다. 부지불식 하루 정해진 임금이 2만 원도 넘지 않는 일용직, 조무원이라 불리었지마는, 그래도 두 손에 흙을 안 묻히는 사무실이라 읍내 바닥에선 군청 직장을 선호했다.

평오는 너무도 잘 알고 있었다. 행정의 생리를, 군의원- 공무원 간 로비 관계라든지 정기회 때나 임시회 때에 해박한 박식함이나 전문 지식은 목청 높은 의원의 밀어붙이기식 발언으로 여지없이 무너지고 만다. 예산안 통과는 그래서 허울 좋은 하늘타리처럼 맥 빠진 돈 같아 보이는 건 당연지사고, 뭐 마을 안길 포장 사업을 재량사업이라고 12읍면 나눠

먹기. 그런 건 막판에 계수 조정을 해 가면서 눈 밖에 난 실과의 사업 예산을 끄집어내려 병신예산 만들어 놓는 처사는 웬만큼의 우롱이 아닌 차라리 횡포라 불린다. 그건 건달이나 할 줄 아는 행패가 아니던가.

어쨌든 이날 이 과장의 대답이 시원해서 1차 추경예산 작업이 있을 6월쯤까지 기다려 보면서 생각해 보자는 의견을 내놨다. 그러면서 앞서서 준비를 해야 할 일을 귀띔해 줬다. 보조금사업을 받자면 사업을 무슨 명분을 가지고 하는 것만큼 법적인 요건을 갖추어야 하니 우선 사업자등록부터 하라고 권했다. 사업자등록증이 있어야 실적이 있든 없든지 간에 자격이 부여되니까 주재관사무소에 가서 신고하면 될 거라는 말도 덧붙였다.

우리는 이 말을 듣고, 당진역에서 기차 화물칸에 당진쌀을 가득 싣고 서울로 올라가는 장항선 기차 소리가 눈앞에 그려지는 착각에 빠져들었다.

칙칙폭폭~ 칙칙폭폭~ 뿌앙-. 이러한 소리를 듣는 것은 우리 팀 모두가 원하는 기분 좋은 일이 아니던가.

"1차 추경예산에 올려 당진 쌀 활성화 사업을 기존 형태와는 다르게 민간인들이 하는 사업으로 올려 보겠습니다. 여기에 따른 사업계획서도 면밀하게 준비를 하셔야 되고, 또 사업자의 자부담 투자가 많을수록 군의원들이 신뢰를 하니까

이 점 유의해서 얼마간 자본금을 넣어 추진하기 바랍니다."

이 과장의 설명은 전폭적이라 할 만큼 우리를 신뢰하고 있었다. 요즘 전국의 지자체들이 공격적으로 서울에 직판점을 개설해 운영하는 거나 출향인 연고 지역에서 판로 확충, 최근엔 유명 백화점 입점을 위해 지자체들이 혈안이라는 은밀한 정보까지 숨김없이 내놓았다.

그날 밤 취하긴 했어도 면천에서 신례원으로 돌아오는 길에 운전 하나 끝내주던 원배의 솜씨야말로 기막힌 거에 더해 흥분이 가시지 않았다. 거지반 일을 헤쳐 나가는, 우리들 사업 추진 속도가 더딜지는 몰라도 차근차근 두드리며 나가는 건 지당하게도 분명했다.

"어라. 지평권 씬가요? 아이구 이거 몇 년 만에 목소리를 듣는 것만 같습니다. 저번에 전화가 왔다길래 해 보니 안 받으시더라. 그래, 어찌 결정을 했나요? 아, 궁금해 죽겠어요. 아~네."

라면서 알았다는 듯 평오가 송수화기를 내려놓았다.

"만화가 아저씨가 내려온대요? 뭐래요."

"그래. 이제 우리가 할 일만 남았어. 성공하도록 말야."

우선 일전에 다녀간 만화가 지 씨가 내려온다는 것, 잠시 동안 거처를 이곳에 마련하고 작업을 하겠다는 의사를 알려

온 거다.

명애는 얼굴에 함박꽃 웃음으로 가득 찬 평오의 얼굴을 바라보며 저 자신도 덩달아 좋아했다. 이참에 사무실 사업이 번창한다면 얼마나 바라던 일이던가. 자신의 새 꿈에도 색다르게 변화가 될 테고 말이야.

서울내기 만화가가 이곳으로 이사 온다고 해서 무엇이 달라질 것인가.

평오 오빠가 저렇게 좋아하는 걸 보면 앞으로 기대가 큰 것은 사실이고 남들 못지않게 어엿한 회사의 직원으로 일하는 모습을 상상만 해도 명애에겐 꿈같은 일이다.

평오는 빨리 원배가 왔으면 하고 바랐다. 주재관 사무실에 가서 사업자 등록을 하는 일도 그거지만 '쌀에 대한 공부-환경, 역사, 그리고 현실'에 대한 정보를 더 더듬어 보고 싶어서 자료 수집이 필요해진 거였다. 쥐뿔 아는 것이라곤 쌀 농사밖에 없는데, 덥석 그것 갖고는 안 될 것 같아서다.

요샌 경쟁력의 시대가 아닌가. 경쟁에서 뒤지면 상품 가치가 떨어지고 시장에서도 구매력이 뒤처져서 자동으로 도태되는 현실적 자본주의. 이 무서운 세상에 살아남으려면 남들보다, 상대보다 해박해야 하고 대안 제시까지도 준비를 해야 '넘버 원'이 될 수 있다는 걸 뻐드름하게 꿰차고 있었다, 평오한테는.

곧 봄날이 다가와 몽근 봉우리가 속이파리까지도 열어젖히며 하얀 목련꽃이 필 터인데……. 이런 날 뜬금없게도 잘 곰삭은 새우젓을 밥숟갈에 얹어 입에다 넣고 싶은 식욕이 불끈 솟구쳐 오는 까닭은 또 무엇인가.

저 무한한 서해안 갯벌… 사스랭이 절인 것 같은… 밴댕이 속아지 같은 것… 가물치 콧구녕 같은 것이라도 새하얀 꽃잎 벙긋하듯 그 폼 나는 봄날이여. 그렇게들 희구하던 사업이 눈에 보이는 것처럼 서서히 부풀어 오르는구나.

우리 소장 종집이 뭉텅뭉텅 먹고서 설사 바람 끊이지 않았던 그 4월의 장고항 실치회며, 갯바람에 실려 온 물오른 봄×지 조개 바지락 맛 잊지 못하리. 한코 노리는 물텀뱅이들은 그쪽으로다가 여지없이 나타나곤 한다. 계절병이라면 몹쓸 병이라 그느무 잡것들은 옻순을, 옻닭을 너무도 좋아하지. 색 밝히는 놈 치고 미식가 아닌 것들이 없다던데 맛을 혓바닥에서 느끼는 잡것들이 참죽나무 순, 두릅 순이나 찾아다닌다며 고소한 맛은 알기는 아는가 봐. 전부다가 그런 놈들이나 당진역에 내려 봄철 한철 모여든다는 것이다.

통세 빠진 말이라고? 글쎄나. 이런 야들야들한 봄 날씨를 그냥 넘기지 못하고 발동 걸려 찾아든 축들이 또 있다더만. 역전 갯마을 열차에서 내리는 순간부터 그 아저씨들 따라온

빨간색이나 중후한 검정 삐딱구두에 선녀들도 "야! 나 봐라"라는 듯 거리낌 없이 허벅다리 내놓은 때 이른 반바지차림 유부녀들이 쌔고 쌔다는 거여. 뭘 먹으려고 젖가슴들 흔들며 여기까지 온 것은 황해 바다 가까이 품고 싶은 바닷가 탐험질일 건데 달리 말할 이유가 없다.

푸훗, 깜박하고 평오는 잠이 들었었다. 단꿈이었다, 너무 오라질 같은.

8

저
너
머
에

"엿 먹는 건 아니겠지?"

"우리가 이문을 보면 보지, 왜 엿 먹는다고 생각해?"

"서울 토박이라서 그런 생각이 드네, 씨팔."

"괜한 걱정 미리 할 거 없고 우린 한 식구다 하고 마음먹어. 두고 봐. 만만찮게 우리가 덕을 톡톡히 입을 테니까. 얕잡아 보았다간 우리가 큰코다치고."

"믿는 도끼에 발등을 찍히지나 말았으면."

"······."

대답이 없는 평오는 팔뚝의 시계만 바라보았다. 우리 팀워크나 자금, 아이디어 가지고는 미진한 게 많은데 원배와 같은 감정이 오래도록 가슴에 품고 있다면 언젠가는 금이 가게 될 거 아닌가. 우리끼리 해 보자는 의욕도 좋지만 앞서는 의

욕만큼 우리 수준이 어떤가를 가늠해 보는 것도 중요한 일이다. 장난이 아닌 실전 사업이기 때문에 더더욱 감상은 금물인데.

둘은 거지반 30분 정도는 기다리고 있는 것 같다. 틀무시 기지시역의 좁은 광장에서 차를 주차시키고 내리는 봄볕을 쏘이며 빈둥거렸다. 바로 서울 용산에서 내려오는 지평권 씨를 기다리는 중이다.

만화가 지평권.

그가 스포츠 신문에 매일 연재하고 있던 만화가 며칠 전에 끝났다. 아마 유년 적에 먹던 음식을 시골 풍정에 담아 신세대 독자들에게 인기를 끌었다는 마지막 회 인터뷰 기사를 평오는 역 대합실에서 구해 읽을 수가 있었고, 그는 "앞으로 잠시 이 서울을 떠나 어느 곳에서 칩거하며 더 감칠맛 있는 새 만화를 구상 중"이라고 끝에 밝히고 있었다. 그곳이 당진이라 짐작을 할 수가 있었다.

그런 그가 여기로 거처를 삼아 내려오는 거다. 정착해 여기서 살라고 억지는 안 부릴 테지만 한 2~3년은 머물다 갔으면 하는 욕심이 따라붙었다.

그가 자신의 창작 생활을 하며 우리의 쌀 사업을 직·간접적으로다 연결만 된다고 가정하면 그야말로 '뜨는 상품'이 될지도 모르는 일. 아이디어맨으로 덥석덥석 코치만 해 준다 해도 사업은 그만큼 수월하게 돌아갈 수가 있으리라.

작은 역사 주변은 한산했다. 장항선의 일개 역에 불과한, 4년마다 치르는 줄다리기 난장 때나 돌아와야 전국에서 모여든 사람들을 제법 구경할 수 있는 곳이지만 평상시 손님이라고 너무나 뻔하지 않은가.

우리 둘은 그런 역 마당에서 내려올 손님을 기다리고 있었다. 원배는 자동차에 기대 청바지에 양손을 찔러 넣고 맨숭거리고, 평오는 시멘트 턱받이에 엉덩이를 걸터앉아 반대편 큰 길목을 오르내리는 사람들을 구경하는 중이었다. 역 마당과 접한 길목은 읍내로 가는 길과 한보철강, 석문면으로 들어가는 길로 연결되어 있다.

소문이 제법 자자해진 석문면 ×바위 위로 해가 솟아오른다는 왜목마을 가는 지름길이 읍내에서보다 이곳에서 진입하기가 수월한 탓에 병목현상이 일어나는 걸 싫어하는 약삭빠른 사람들은 기지시에서 바로 석문으로 가는 길을 선호하고 있는 것이다. 약은 치들만 들끓는 세상은 그래서 제 자신이 똑똑한 것으로 알고 사는 세상이 된 것이다.

부르릉. 무슨 차가 들어오고 있었다. 자가용이었다.

'귀한 분 모시러 오는가 보군.'

평오가 제법 그럴싸하게 여길 때, 난데없이 처녀티 나는 여자가 차에서 내렸다.

'어디서 본 듯한….'

"안녕하세요."

"누구시더라."

저 여자가 앞에 나타나니 긴가민가 더듬을 수밖에 없는 평오. 보기는 본 것 같은데 생각이 안 났다.

"저 지방신문 김오경 기자예요. 일전에 한번 사무실에 갔던."

"아…. 이제야 생각이 납니다."

자기 허벅다리를 내려치면서 펄떡 일어난 평오는 옆의 원배에게도 소개를 시켰다. 느닷없이 이런 데서 만난다는 게 조금은 좀 그랬다. 민숭민숭하게 이유도 없이 만나 쳐다만 보니 어색한 게 영 파이다.

"만화가 지 씨, 기다리고 있는 거 맞죠? 저는 대전 경제부에 있다가 얼마 전에 당진주재로 발령받고 왔어요. 제가 자원해서."

그렇게 소개까지 한 김 기자의 말에 평오 머리가 복잡해진다. 뭔가를 눈치채고 취재를 나온 게 틀림이 없다.

"거기도 그래서 나온 거요?"

"인터뷰차 왔어요. 우리 신문하고도 만화 연재하기로 결정이 됐다는 데스크의 연락도 있고 해서요."

"하여간 정보 한번 빠르네요. 다른 기자들도 그래요?"

내심 평오가 떠보는 소리로 던졌다. 뜻밖에 듣는 만화 연재 이야기에 놀라움도 앞서고 말이다.

"그가 만화도 이곳에서 그린다. 좋은 소식이네요. 우리에 겐 더 좋은 선물이 되었으면 하는 욕심도 생겨요."

아하. 그랬었구나. 지 씨한테 냅다 뒤통수를 맞은 기분이 지나쳐 갔다. 그래, 그럴 수도 있는 게 자본주의 세상 이치 니까.

원배가 역 대합실에서 양손에 종이컵을 들고 다가왔다. 그 가 흰 이를 보이며

"자, 드세요."

"고맙습니다."

"열차가 조금 연착되나 봐."

좌우지간 기다리는 수밖에 없다. 손님은 우리 손님이니 기 다려야지.

'만화가 지평권 씨가 당진에 작업실을 만들어'
– 본지에도 만화를 연재하기로 약속해

며칠 후 지방신문 문화면에 톱기사의 제목은 그랬다. 기사 속에 기지시역 광장에서 만화가 지 씨가 환하게 웃고 있는 사진도 실렸다.

흐뭇하기도 했다.

제법 기사는 여느 스포츠신문처럼 유행을 따라가는 스타일 느낌도 들었지만 정치, 경제, 사회, 지방 소식 등 뉴스거리가 독무대인 지방신문에 큼직한 만화가의 얼굴 표정 하나만으로도 상큼한 봄 희망을 담은 듯 기분이 반가웠다.

박스기사로 김오경 기자가 인터뷰한 것도 재치 있는 감각으로 편집해 나열했다.

당진에 내려온 기념으로 새 만화를 연재할 때는 지금껏 써 왔던 기존의 이름 대신에 '지평선'으로 새 필명을 쓰겠다는 소식도 덧붙이고 있었다.

서해안 바다에서 새로 빌려 왔다는 저 '지평선'. 그래, 만화가다운 생각이구나.

지 씨의 작업실은 왜목마을에 두기로 결정했다. 지역사회 발전연구소 팀은 지 씨가 우리 팀 일원으로서 자문역으로 영입하기로 결정을 보았고 만화가가 하루 빨리 이곳 생활에 적응하게 도와줄 거였다.

만화가 지 씨는 그날로부터 10평짜리 조립형 목조건물을 읍내 건축상에서 실어 와 바다 해변과 산자락이 만나 소나무 숲과 논밭이 어우러진 곳에, 그가 저번 왔을 때 봐 둔 곳에 나무집을 옮겨 놓으니 그럴싸하게 별장 풍경이 꾸며졌다.

만화가의 작업실이라. 앞으로 왜목마을 못지않게 지 씨도 서울에서만큼 전국에서 뜰 것이 분명해 보인다. 아무래도 우리보다 앞서는 감각적인 안목의 소유자라는 걸 평오가 첫 만남에서 육감적으로 느낀 게 틀리지 않았다.

다음 날 아침, 우리 팀은 차를 타고 왜목 그의 작업실을 방문했다. 쌀 미(米) 자처럼 교차로가 없는 읍내를 벗어나 팔십팔(八十八) 번을 봄부터 가을까지 힘겹게 손이 거쳐야 쌀이 나온다는 농부의 말을 빌미 삼아 찾아갔던 것이다.

만화가 그가 반바지 차림으로 마중을 나오자 종집은 선뜻

"오늘 아침 해 뜨는 걸 보셨나요?"

라며 말문을 열었다.

평오가 우리 연구소의 소장이라며 인사를 시켰다. 당진에 오신 걸 진심으로 축하드립니다. 거기다가 우리 일을 돕게 되었다니 더없이 기쁘고요.

지 씨가 작업실 안으로 안내를 했다.

"춥지도 않나 보네요. 얼떨떨할 텐데."

"피부에 와 닿는 촉감이 아주 상쾌해서 좋습니다. 처음이라 그런가요?"

원배의 말에 지 씨는 웃어 가며 가볍게 응수했다.

성우 형이나 광옥 씨가 빠진 3명의 장정 일행이 쌈빡하게 정리된 실내에 앉으니까 좁은 공간이 꽉 차는 느낌이 들었다.

"가까운 시일에 축하 모임을 가질까 하는데."

"제가 어디 그런 것을, 과분해요. 꼭 그런 거 불편한 거 같

아요."

　그래도 서울에서 인기 있는 만화가가 여기로 이주를 하셨는데 그냥 넘길 수는 없는 거구요. 돈독한 우정을 위해서 해야지요.

"그런데요. 궁금한 것이 있는데 지방신문과는 언제부터 연재가 되나요?"

"그거요. 복잡하게 생각할 일이 아니에요. 제가 감각으로 작업하는 만화가이다 보니 작업 끈을 놓치지 않기 위해 먼저 손을 벌렸죠. 만화가 요즘 경직된 지방신문에 모종의 새 활력을 불어넣는 계기도 될 것 같아서. 사실 서울 쪽의 신문사 같은 연재료보다 싸지만 여전 제 감각을 유지시킬 수 있다는 이유로 저질러진 일입니다. 연재도 한 달 정도 계획하고 있어요. 그 뒤에 서울 신문사와 1년 정도 연재할 텐데, 여기 왜목에 저번 이야기 나눈 쌀을 가미해 새 만화를 그려야겠어요."

　연구소 팀은 저마다 고개를 끄덕거리며 이해가 가는 듯한 표정들이었다.

"오늘 저녁에 어때요?"

"그럼, 오늘 저녁 바닷가 식당에서 하죠."

　쌀을 어찌 풀어 가야 하나. 이게 우리들의 짐인데. 1년에 먹는 1인당 소비량이 자꾸 줄어드는 시대에 재고량으로 쌓여 가는 식량을 기막힌 아이디어로 소비 상품으로 만드는 게 우리들이 풀어 가야 할 숙제다.

이름 좋은 지평선 씨의 만화가다운 지략(智略)과 당진쌀 만화의 연재로 붐을 만들며, 상품을 만들어 간다는 계획에 지씨도 동의했다. 거기다가 만화가의 유니크한 감각을 만화에 입혀 보겠다는 설명도 곁들였다.

이 무렵 한보철강이 그 막강한 회사가 부도났다는 소문이 돌았다. 마치 읍내 바닥이 갯벌이라면 거기 살던 사스랭이들이 불 만난 제집을 버리고 나와 느글느글 방황하는 진풍경이 시작된 거다. (*)

「돌아오지 않는 江」, 소주뻘, 절필한 작가 오춘자 씨

– 잊힌 당진문학사를 더듬어…40년 추적기

1997년 1, 2월경 겨울 무렵 『당진군지』 편집위원으로 참여해 부실했던 '문화 예술' 편의 원고를 다시 쓰면서 문학 쪽에 오춘자(월간 현대문학 제2회 장편소설 공모에 「돌아오지 않는 강」이 당선. 1968년)의 소설이 있다고 몇 마디 설명을 붙였다. 그때 군지(3권 세트)의 발행일은 1997년 12월 30일로 돼 있다.

그녀의 나이 세대인 『난장이가 쏘아올린 작은 공』이 150쇄를 넘게 찍어 온, 우리 사회의 구석을 소설 세계로 구축한 조세희나 걸출한 입담에 사라지는 충청도(대천 쪽)의 사투리 말을 사뭇 통달한 이문구, 시보다 시조 쪽에서 문학 향기가 더 드러나는 이근배 같은 선배나 오정희, 이경자들과 엇비슷하게 선후배로 그 서라벌예대 출신이 오춘자다.

서라벌예대 졸업 무렵 그녀는 동아일보 신춘문예(1963년)에서 단편소설 「황야에서」가 안수길 박영준 심사로 당선해 문단에 데뷔했다.

그러나 숙명여자대학교 국어국문학과로 편입한 그해 예대 시절 은사 김동리 교수한테 단편소설 「분기점」(1963년 10월호)이 2회 추천천료가 돼 또 등단하는 절차를 거쳤다.

당시 『현대문학』은 각 신문사에서 연례로 공모하던 신춘문예 당선을 1회 추천으로 간주해, 기존 여타 당선 신인이라도 2회 추천을 통과해야만 문인으로 대우를 하던 엄한(?) 시절이었다.

당시의 서라벌예대를 살펴보면 1950년대, 60년대, 70년대… 우리나라 문단의 형성기를 얼마간은 조망해 볼 수도 있다.

한국전쟁이 채 끝나기 전인 1953년 5월 서울 용산구 후암동에서 시작한 서라벌예술학교(수업연한 2년)는 56년 4월 성북구 돈암동에 3층 교사를 지어 이전하고, 57년 9월 서라벌예술대학 이름으로 2년제 초급대학 승격 인가를 받아 신입생 300명이 입학했다.

이때부터 서라벌예대를 대표하는 학과는 문예창작과와 연극영화과였고, 문인 사관학교라 불릴 만큼 막강한 문맥을 다져나갔다. 초대학장에 윤백남, 2대 염상섭, 3대 김세종, 4

대 이승학, 5대 임동권…. 1964년 1월에 4년제 정규대학으로 서라벌예술대학이 되었다.

교수진용도 김동리, 유주현, 조연현, 손소희, 이범선(소설쪽), 서정주, 박목월, 구상, 김수영, 김구용, 박재삼(시쪽) 등으로 포진해 예술대학의 대명사처럼 불렸던 것.

이러한 서라벌예대는 1972년 3월 중앙대학교와 합병돼 학교 교사도 돈암동에서 흑석동으로 이전되면서 '20년 미아리 시대'는 그렇게 막을 내렸다.

그동안 배출한 문인은 문예창작과 단일 학과로는 최대 규모를 자랑하기도 한다.

촌스런 이름 오춘자. 아니, 오지영.

그녀는 지난 시간을 거슬러 올라가면 1970년대 초반 언저리에서 절필한 뒤(수집한 소문에 의하면 그녀가 곳곳에 발표한 원고나 잡지, 창작과 관련한 모든 것을 불태워 버리고 문단과는 담을 쌓았다는 것이다) 현재까지 시내 외진 소주뻘에서 또 다른 생애를 여태껏 독신으로 살아가고 있다. 그녀는 1939년생이다.

그 이후 그녀는 숙명여자대학교 국어국문과로 편입했고. 아, 서라벌예대 시절 소설을 발표하면서 이름을 버리고, 오지영(吳知英)이란 필명을 쓰기 시작했다.

소설가 오춘자, 그 시절엔 우리 사회가 유교 관례가 강한 사회 관습이던 탓에 작가가 아닌 '여류작가'로 특혜(?)처럼 불리던 시절이다.

충남 당진군 당진읍 채운리 385 소주뺄.

이제 그녀의 이름은 우리 한국 문학사에서 50년 가까이 도둑을 맞아 사장돼 반세기 공백이 이어지고 있는데, 우리 지역문학계에서라도 선배의 발표한 소설들을 발굴하고 복원해 '잃어버린 당진문학'의 연결 고리를 이어야 할 책무가 있는 것이 아닐까. 작가 심훈 이후 두 번째 작가가 오춘자다!

내가 그녀의 이름을 알게 되기까지의 사연을 말해야겠다.

당진, 서울에서 재수 생활을 전전하던 때를 지나 26살에 늦깎이로 입학한 대학 국문학과에서 현재는 작고한 은사 김기현 교수의 연구실을 출입할 때 선생으로부터 처음 듣게 됐다. 선생은 내가 소설입네 하고 문학을 한다는 걸 알고 "당진쪽에 소설 쓰는 오춘자라는 작가가 있는데…"라고 말한 걸기억한다. 그때는 그 소리를 흘려듣고 말았다. 선생 역시도 고려대학 출신에 오랜 강사를 하며 일제 시기 소설론을 쓰기위해 선생이 말한 대로 '현대문학을 이 잡듯이 샅샅이 훑어보았노라'고도 여러 번이나 강의 때 자랑삼아 말했었다.

그때 스물여섯 살의 젊은 객기와 자만심, 그리고 문학에 불타던 청년 마음에는 이 나라에서 글 쓰는 일만을 생각했었다. 더구나 학보사에 늦은 기자로 들어가 '70년대 청년문화' 어쩌고 '우리들의 젊은 날 청춘' 저쩌고를 끼적이며 먼 춘천… 그때 전작 장편소설 『꿈꾸는 식물』로 무명의 때를 벗고 유명 작가로 부상하던 외수 형을 인터뷰하는 등 방방거리고 다녔다.

돌아보면 아무것도 아닌데 컷 기자가 별거를 다하고 황해 바다에 우뚝하니 살아 보자고 꿈꾸는 '4칸 만화 순고래'를 건방지게 연재도 했다.

81학번, 80년대 암울한 정치 상황이 광주와 우리 사회 저변에 억압하던 시국에, 내가 할 문학이, 그 글쓰기만으로 양심을 지키며 무엇인가를 유용하게 할 수 있으리라는 불안감이 기대와 책임을 통절하게 난도질하던 바야흐로 고압적 시국은 계속되던 터였다.

당시 고려대학교에서 내려온 김 교수 연구실엔 현대문학류 책들이 서가에 빼곡하고 하다못해 바닥에도 점령해 쌓여진 헌책방 풍경이 연출되는 '열서(冽書-그의 호)의 방'이었다. 어쨌거나 50, 60, 70년대 문학잡지에 우후죽순격의 창작집들은 내겐 목마른 문학의 책 창고 구실을 해 줬다.

대학 강사 시절에 개화기 현상윤 연구로 업적을 인정받았다는 선생은 자신도 젊은 시절에 동화동시를 썼노라며, 나의 문학 공부를 유독 격려해 주곤 했다.

스물일곱 살 2학년 때 온양 고전음악실 알테리베에서 개인 시화전을 하고 어울려 시낭송회도 두어 번 열었다. 여기서 그때 시 쓰던 심장근을 만났다. 일전에 예산교육장을 끝으로 정년퇴직을 했고, 동시 쓰던, 최근엔 소설을 쓴다는 김의도 그 무렵에 알게 됐다.

　가을쯤 월간 『시문학』 주최의 대학생 문예작품 공모에 시 「마음만 구겨지고」가 입선되고, 1984년 4학년 무렵 초고속 성장재벌이 된 명성그룹의 김철호가 인수한 크리스챤신문(사장은 신명진이란 부인이 맡아 경영했고 보령 출신의 강정규 선생이 주필로 일했다)에서 문예작품 공모에 동화 「푸른 꼬리」를 응모했는데 이게 당선작 없는 가작으로 박홍근 선생이 문학성이 있다며 뽑아 주셨다. 가작이 뭐냐. 독이 올라 그다음 해에 고대 고향집에서 쓴 「상고실 할머니」를 박무일이란 필명으로 교회 주소로 응모했는데, 그때 강정규 선생이 직접 쓴 편지가 교회를 거쳐 내게로 왔는데 선자이던 권정생 선생이 극구 칭찬을 했다는 것, 신문사로 올라와 시골 문청을 보자는 전갈이었다.

　풋내기 시절에 좋은 일도 나쁜 일도 다 객기 같은 충동질에 정신이 여물어 가는 것인지 '늘 마음에 걸리는 일' 하나가 마음속에 도사리고 있었다.

　대학 3학년 때 무슨 일이 있었느냐 하면, 대학생이 되기

전 서울 낙원상가 종로통 독서실에서 진을 치고 재수 생활할 때 만났던 예천의 이순창 친구가 온양 학교로 찾아왔다. 이 친구가 출판사 안암문화사에 다닌다며 '노자영 평전(盧子泳 評傳)'을 만들자며 나를 부추기었다. 사실 내용은 평전이 아닌 그의 작품 모음집이었다. 나보고 노자영의 작품을 현대어로 고쳐 원고를 정리해 주면 원고료 두둑하게 주겠다고 꼬셨다.

지금 생각하면 웃음이 나오지만 은사 연구실에서도 책을 빌려 원고를 정서해 아마 1,000장 쯤 썼을 때 출판사 친구가 나타나 "그 책 말이야, 네 무명 이름보다 문단에 알려진 선배 이름으로 하기로 했다. 책이 많이 팔려야 하니까 섭섭해도 참아라."라고 말했다. 83년 11월경에 나온 책의 이름은 『내 혼이 불탈 때』에 저자는 그때 셀파주인인 시인 조동식이었다. 나는 대필 작가로서 두둑한 돈으로 만족해야 했다.

또 하나는 6년 동안이나 문청 재수 생활 중에 있었던 약사(略史)를 꺼내 보고 싶다.

대입 공부는 뒷전이고 종로통 독서실에 앉아서 『학원』, 『장학생』, 『학생중앙』, 『진학』, 『대학입시』 따위 잡지에 문학 공부한답시고 투고질을 일삼고 활자화되는 것에 뿌듯함을 맛보곤 했다.

그래서 그 시절 전국에서 독서실 내 앞으로 날아오던 편지

들을 목격했던 순창이가 몇 년 후에 나를 대필 작가로 내심 정하고 나를 학교까지 찾아온 것이다.

그랬거나 말았거나 그때 무렵 『학원』의 학생문단 심사는 시 부문에 고은, 산문 부문은 이제하, 뒤에 시 부문에 이근배 선생이 선(選)을 하기도 했다. 매달 발표되는 작품이나 그 선후평을 몇 번씩 곱씹어 읽어 보던 그때가 지금 생각하면 황금빛 추억처럼 아름답기 그지없는 때였다고 느낀다.

그렇게 1976년 이후 이제하란 이름이 각인되고, 그의 글, 소설, 잡문(특히 잡문에 자신이 삽화까지 그린 화가의 재주에 마쳐됐다)이 문학적이고 예술적으로 내게 다가왔다. 그가 자비로 낸 민음사판 『초식』이나 홍성사판 『기차·기선·바다·하늘』뿐만 아니라 콩트 스케치선 『새』도 장정이나 삽화들이 한마디로 (그림을 그리다 꺾은 내게는) 황홀했다. 민음사판으로 나온 한수산의 장편소설 『부초』의 장정 그림이 이제하 것인데 이 책의 장정은 또 책 디자이너 정병규의 고전적 작품으로 손꼽힌다.

여기에 그이 같은 시인이 김영태란 시인인데, 어쩜 둘이 비슷, 엇비슷하게 닮았는지 모르겠다. 『섬 사이에 섬―예술가 56인 자화상』을 비롯한 예술가 초상화 시리즈들과 지식산업사판 『지구 위의 조그마한 방』과 도서출판 문장사판 『눈썹을 그리는 광대』의 김영태 산문집은 시대가 지날수록 이채를 띠며 김화영의 초기 산문집처럼 빛난다.

60년대 '감수성의 혁명'을 일으킨 작가 김승옥도 70년대에 수많은 단행본 표지 장정을 남겼지만 위의 두 사람과는 그 향기가 다르다.

오춘자가 당진 사람이란 것을 알게 된 이후부터 헌책방을 넘나들이로 쇼핑할 때 과거의 『현대문학』 잡지를 사들이기 시작하고 그 잡지의 조연현 주간 때 '총목차집'이 나온 걸 구해 오춘자, 오지영 이름을 찾아 수시로 들락거렸다. 인터넷 시대에 정보는 쓰레기 취급을 받지만 거기서 찾아낸다는 것은 시간과의 전쟁을 치르는 것과 똑같았다.

점찍어 놓고 미적거리다가 놓쳐 버리면 언제 또 올는지 기약이 없기 때문에 망연하게 기다리는데 사람의 일이라 기억력 또한 망각돼 그게 스무고개 게임하듯 마냥 기다리며 찾게 되는 것이다.

오춘자는 내게 있어 또 무엇이란 말인가?

그녀는 내 문학적인 삶 바탕에서 동향인의 고향인식으로 내 문학 언저리에 그림자처럼 붙어 내가 그의 순례자인 것처럼 보일는지도 모르고 선배 문학인의 한 명으로, 먼저 세대의 문학 창조자로 자리 잡은 선배이기에 무언의 힘이 되는 것인지도 모르겠다.

같은 고향에서 같은 길을 걷는 선배가 있다는 그 사실 하나만으로 후배는 문학에 대한 자부심을 품고 자신의 밭을 가꾸는 데 소홀하지 않을 자양분일 것이기에.

작가 오춘자의 쌓였던 비밀이 차츰 양파 껍질 벗겨지듯이 하나하나 드러나기 시작했다.

2002년 여름방학 때 모교의 도서관엘 갔었다. 엊저녁 대학도서관 홈페이지에서 『현대문학』(1968년 12월호)이 소장되어 있음을 확인했기 때문에 곧장 찾아갔던 것.

후배인 여자 사서가 "잠시 기다려 달라"며 지하 수장고에 잡지가 있으니 가져오겠다며 지하까지 내려가 책을 가지고 돌아왔다.

받아 든 잡지를 펴 본 순간, 책 속에 클로즈업된 여자와 남자의 상반신 흑백사진이 내 눈에 쏙 들어왔다!

'이 여자구나!'

바로 오춘자였다. 37살의 그녀는 다방에서 찍었다는데 한 곳을 뚫어지게 바라보는 모습이다. 사진 설명은 '본사 제2회 장편소설 모집에서 당선과 준당선의 영예를 차지한 두 얼굴'이라며 당선자는 「돌아오지 않는 강」의 오춘자 씨, 준당선자는 「패자전」의 김웅 씨다.

당선자 발표가 난 잡지를 보니까 의문이 다 풀리는 것 같았다.

그녀의 활자화된 자신의 약력을 종합하면 아래와 같이 나타난다.

※동아일보 신춘문예 당선 소감 약력

　– 1963년 1월 3일자

　• 충남 당진 생

　• 서울특별시 성북구 종암동 산2(5통 2반)

　• 경기 은광여자고등학교 졸업

　• 숙명여대 문리과대학 국어국문학과 재학 중

※현대문학 천료 소감 약력

　– 1963년 11월호

　• 1941년 충남 당진 생

　• 1969년 서라벌예술대학 문예창작과 졸

　• 숙대 국문과 수료

※현대문학 당선 소감 약력

　– 1968년 12월호

　• 1941년 충남 논산 출생(논산–당진의 오기)

　• 숙명여대 졸업

　• 1963년 동아일보 신춘문예 소설 당선

　• 동년 필명 오지영(吳知英)으로 현대문학 추천

　• 충남 당진군 당진읍 채운리 소주펄

이건 여담이지만 이리저리 그녀의 책 자료를 찾을 때 이제하의 장편소설『진눈개비 결혼』의 들머리에 '……채운리 소주뻘'이 등장하는 것도 찾아냈는데, 그건 작가의 소설 구상에 의해 써진 것이기 때문에 작가만이 알 수 있는 일이라 체념하기도 했다. 하지만 작가 이씨의 소설 여러 편에서 채운리 이미지가 많이 형상화돼 등장했더랬다.

1969년 서라벌예술대학 문예창작과를 졸업하고, 숙명여대 국문학과로 편입해 재학 중이던 1963년 1월에 동아일보 신춘문예에 당선된다.

(여기서 서라벌예술대학의 졸업 연도가 신춘문예 당선되던 때와 안 맞고 있다.)

그해엔 현대문학 10월호에 서라벌예술대학 은사이던 김동리 선생의 추천으로 단편소설 「분지점」이 2회차 천료로 현대문학의 등단 절차도 끝냈다.

오춘자와 오지영.

처음엔 그 이름이 한 사람의 이름으로 인식되지 않았다. 따로따로 놀았고 오지영은 쉽게 잊히곤 했다.

오지영—그 이름이 내 뇌리에서 깜박하고 건너뛰며 흘러가는 사이 (본명을 버리고 필명으로 작품 활동한 그녀의) 발표된 소설 찾기는 어려울 수밖에 없는 일, 인간의 일이 이리도 무능하고 그건 흐르는 세월의 허망 속에서 또 다른 일들을 만들어

내었다.

어떻든 그 무렵『현대문학』이 총목차집이 별책부록으로 발행된 것을 발견하고 1963년부터 70년대 중반기까지 발표된 소설 제목을 샅샅이 찾아보았다. 그 시기에 우리 사회에 정기간행물 잡지로 나온 것이『현대문학』을 비롯한『문학춘추』,『사상계』,『신동아』,『세대』등 월간잡지와『문학예술』(1954년 4월에 창간해 1957년 12월호로 종간된 문학잡지. 통권 33권),『자유문학』(1956년 6월호로 창간돼 1963년 8월호까지 나온 뒤 종간. 71권)도 나왔지만 오춘자의 문단활동기와는 거리가 있고, 여타 이름이 거론 안 된 잡지도 있어 찾아내기도 수월치 않지만 분명 있으리라고 본다.

더욱이 최근 작고한 김윤식 선생이 문학사상사에서 출판한『한국문학 연표』엔 1900년대부터 1985년까지 1년씩을 주기로 발표된 시와 소설 제목 목록이 발표 지면과 문학사적으로 체계적으로 엮어져 유익한 공부가 되기도 했다.

나름대로 당진 지역에선 호서고등학교 도서관도 훑어봤고, 숙명여대 홈페이지에 여성문인 관련이나『한국문학대사전』(대구 고려출판사, 1992년 발행)도 한국문학 전반적 지식 욕구를 채워 주는 데 상당한 도움을 받았다.

신예 오춘자의 데뷔작「황야에서」가 문학전집 속에 전재돼 있는 것은 수록 도서가 2권으로 파악됐다. 6 · 25전쟁 이후 우리 사회는 높은 교육열에 비해 읽을거리가 부족했던 부흥기 시절 – 그러한 60년대는 각 신문의 신춘문예 당선작품도 책 상품으로 기획되던 시절이었다.

1. 『신춘문예 당선전작 한국신문학전집 2』, 중앙출판공사, 1969.
   – 정연희, 이병구, 김환, 오승재, 김문수, 성걸, 김승옥, 전상국, 유금호, 홍성원, 오춘자 등단작 수록됨. 안수길의 심사기, 당선 소감들이 사진과 함께 수록
2. 『신춘문예 당선소설전집(1960-1965) 2』, 김학수 편, 신태양사, 1969.

그녀의 고고한 목소리, 당선 소감.

이제 오춘자가 한국문단에 첫발을 디밀어 선보이면서 육성으로 말한 순정한 문학적 포부가 든 당선 소감을 읽어 볼 차례다.

이 언어들은 소설 작품과는 다른, 작가 개인의 작품세계를 엿볼 수 있는 단초로 세상에 대한 자신의 목소리를 피력하는 진정한 밭이랄 수가 있다.

1. 동아일보 신춘문예 당선소감

　－ 1963년 심사: 안수길, 김성한

무능자의 변

전혀 뜻밖의 일이다. 갑자기 당선 소감을 쓰라니 적당한 말이 얼른 생각나지 않는다. 당황과 기쁨의 두 어휘밖에는 지금은 달리 표현할 말이 없다.

저의 졸작을 끝까지 읽어 주신 심사위원 여러분께 삼가 감사를 드립니다.

그리고 이것을 계기로 앞으로는 보다 더 알찬 작품을 만들어, 나의 오랜 바람이 조금이라도 이루어지기를 마음속으로 가만히 다짐해 본다.

2. 현대문학 천료 소감

　－ 1963년 11월호 심사: 김동리

몇 광 년만엔가 한 번씩 천상의 선녀가 사방 여섯 자 부피의 바위에 내려와 춤을 추고 가는데 그때 그 바람결 같은 옷자락이 살짝 한 번 스치는 마찰로 해서 그 바위가 다 닳아 없어질 동안을 일겁이라고 한댄다. 그런데 세상에는 영겁이라는 말이 감히 있다. 도무지 실감이 안 나면서 곰곰 따져 보려니 현기증부터 돈다.

수년 전 수행여행 가서 무영탑 앞에서 느꼈던 그 감격을 나는 잊을 수 없다. 그 희망, 오랜 세월을 두고 되풀이되는 그 어리석고 처절한 희구, 숨겨진 상처와 끊을 수 없는 체념. 이에 비하면 탑을 내려다보며 도도히 수천 년의 푸름만을 자랑처럼 지켜 오는 천공은 오히려 역겨웠다. 석공의 기원이 아사녀의 눈물이 순간마다 혈관 속에 살아 하나의 선을 이루면서 마침내 영원으로 통하지 않는다고 말할 수 있을까. 그들의 고통-꿈은 잃어진 것이 아니라 형태를 바꾸면서 언제까지나 우리의 속에 살아 있다.

지동설과 불경을 날라다 준 바다 건너 소위 해외풍-대기풍이 이제도 그 명맥을 이으며 보다 더 다양하고 풍성하게 이 땅을 휩쓰는데 그 소용돌이 속에서 채 갈피를 못 잡고 빚어지는 그 절실한 몸짓들에 냉소를 보낼 수만은 없을 것이다. 다 같이 아픈 '순수한 희구'에는 다름이 없다. 암초투성이의 이 불가해한 대해에서 기를 펼 수조차 없는 우리의 노력이, 진심이 '영원한 자세, 영원한 안정'에로 향하는 어느 길모퉁이의 계단, 그 한 모서리를 이루고 있을지도 모른다는, 이루게 될지도 모른다는 이것만으로 족할 수밖에. 총계는 살아가는 사람으로서는 아무도 정확하게 계산해 낼 수 없는 것이다. 다만 태양을 싸고도는 유성들 가운데 지구는 그

시정의 빛까지 더해 다른 별보다 한층 밝고 따스한 빛을 발하리라는 이 기쁨만은 확신할 수 있다.

햇빛이 유다르게 눈부시다. 부끄럽고 두려운 가슴이 쓰린 것은 웬일일까.

끝으로 현대문학사에 사의를 표하며 이만치나 이끌어 주신 김동리 선생님께 죄송한 마음과 더불어 깊이 감사를 드립니다.

3. 현대문학 장편공모 당선 소감
　 - 1968년 12월호 심사: 백철, 안수길, 임옥인

앙상한 가지 속에는

환절기만 되면 앓는 병이 있다. 좋은 건강이 건강한 정신을 낳고 건강한 정신이 좋은 작품을 낳는다는 이 평범한 말이 병고에 시달리고 있는 요즈음 가끔 절실하게 생각 키울 때가 있다. 병상에서 쓰인 부끄러운 작품이 이런 경로로 발표가 될 줄은 뜻밖이었다. 당선이라는 이 크나큰 선물 앞에서 얼마쯤 당황하지 않을 수 없었던 것은 그것이 자신이 덜 서는 작품이기 때문이라기보다는 이러한 계기를 마련해 주신 현대문학사 측과 원고를 읽어 주신 심사위원 여러분께 느끼지 않을 수 없었던 어떤 자책감과 의무감 때문이 아니었을지-.

가로수의 잎들이 낙엽이 지어 다 떨어져도 앙상한 가지 속에는 언제나 봄을 기다리며 있는 생명의 수액이 흐르고 있다는 사실을 나는 잊지 말아야 하겠다. 그리고 좀 더 용기를 하고 자신을 채찍질할 필요가 있을 것 같다.

그러던 2002년 8월 어느 날이었다.

신문기사(조선일보 2002년 8월 21일자)를 통해 추계예술대학 교수를 그만두고 소설 창작에만 전념하던 소설가 김국태(당시 64세)가 『현대문학』 9월호부터 문단 이면사인 「현대문학 편집실 창에 비친 시인·소설가」를 연재한다는 기사를 보았다.

그이는 1965년에 현대문학사에 입사해서 16년 동안을 편집장으로 근무했던 분이라 혹시 작가 오춘자에 대해서도 언급되지 않을까 하는 기대감이 있었다. 여류 소설가라 각별한 기억이 있을지도 몰라서 조급한 마음에 김국태 선생께 편지를 쓰게 되었다. 그 9월호엔 오영수 선생 이야기가 실려 있었다.

김국태 선생님께
쓰르라미가 제법 울어 젖히며 남은 여름을 붙잡아 두려는 팔월 말엽, 문득 신문기사로 선생님께서 (친정집 같은) 『현대문학』 9월호부터 '문단 이면사'를 집필 발표한다는 인터뷰 기사를 읽었습니다.

시골 당진에 살고 있는 저로서는 반가운 일이었습니다.

오랫동안 현대문학사에서 몸담고 계셨기에 글 쓰던 문인에 대해 일반인들이 알고 있지 않다거나, 아니면 잘못 알려진 사실에 관해 기록될 것 같아 기대감이 큰 게 사실이고 한국문단 속의 현대문학 편집실 풍경이 작가 시인별로 조망될 것 같아 그런 기대감의 목마름이 선생님 서술을 통해 갈증이 풀어진다는 반가움에 기다려지기 때문입니다.

부디 선생님이 현대문학사 편집실에서 겪은 지나간 '세월의 집'에 깃들어진 우리나라 문인들의 문학 이야기가 잘 풀어 나기를 시골에서 고대하며 독자로서 매월마다 잡지를 기다리겠습니다.

서해안 고속도로가 뚫리면서 이름이 뜨는 당진엔 소설가 오춘자 씨의 고향입니다. 혹 선생님의 기억 속에 오 씨의 아련한 추억이 남아 있을까 하고 두서없이 편지를 쓰는 것 혜량해 주기 바랍니다.

현재 소설가 오 씨의 남아 있는 자료가 망실되다시피 하고, 고향에서주차 그녀가 작가인 줄 아는 사람들이 없습니다. 이렇게 문학사 뒤편으로 사라진 그녀의 기록, 발표된 소설들, 기타 여러 자료들이 있을 법한데⋯ 막막

하데요. 문학의 길을 걷는 후배 입장에서는 그녀가 '왜 절필을 했는지' 의아하고 이해가 안 되며, 그 이유가 무척 궁금하기도 하나 당진 지역엔 아는 분이 없다는 사실에 참담합니다.

1960년대 등단 이후에 정열적으로 소설을 발표하던 그녀가 (20여 편이 넘을 것 같은 발표작이 있는데, 장편 「돌아오지 않은 강」이 있음에도) 세상에 내놓은 작품집은 없습니다.

1963년 동아일보 신춘문예에 단편소설 「황야에서」로 당선 등단한 뒤 그해에 김동리 선생의 추천으로 (이때의 발표 필명은 '오지영') 2회 추천이 되었습니다.

제가 알기에 1970년대 초반까지 발표된 소설 작품이 20여 편이나 되는 것 같습니다.

그 후 그녀는 1968년 『현대문학』에서 모집한 제2회 장편소설 공모에서 「돌아오지 않는 강」이 당선돼 문단에 오춘자의 이름을 각인시켰습니다. 이때의 준당선작은 김웅 씨의 「패자전」이었고, 당선 소설은 이듬해 1월호부터 10월호까지 연재됐습니다.

선생님, 이때의 오춘자 씨가 기억이 되실나는지요.

그녀의 고향 당진읍의 '소주뻘'은 제가 자료들을 동아일보나 예전의 『현대문학』, 그리고 옛 책방 사이트를 들락거리며 찾아낸 산물이기도 합니다.

그 덕분에 『현대문학』 창간호부터 통권 250호에 이르는 잡지를 뒤적여 가며 산 공부를 많이 했더랬습니다. 70년대에 별책부록으로 나온 수필집들은 읽어 가기가 너무 좋은 추억이었고요.

화려하게 데뷔했던 그녀의 친정집인 『현대문학』에서도 홈페이지나 연혁에서 누락되었을 뿐만 아니라 자사(自社)의 출신문인들 관리가 너무 미진함을 보게 되었습니다.

문학을 전공한 제가 대학 시절 때나 고향 당진에서 여러 루머를 듣기는 했지만, 현대문학사 근무 시절의 선생님 기억에 남았을 고향 선배 오춘자의 추억담을 고대하는 이유는 '도중에 붕 떠 버린 그녀의 행적'을 알고자 하는 이유랍니다.

이렇게 한국문단사에서 고별 의식조차 없이 아주 증발해 버린, 철저하게 소외된 작가 오춘자의 당시 행적이나마 기록해 주셨으면 하는 욕심에서 편지를 감히 썼습니다.

선생님, 부디 연재를 시작한 '문단 이면사'가 오래 연재돼 오늘의 '꿈 잃어버린 문학세대'에게 예전에 활동한 선배나 무명작가를 다루어서 당시의 열정으로 흐르던 객기와 사랑, 그리고 멋까지 향기 나게 서술을 부탁드리면서 건승을 기대합니다.

2002. 8. 25. 일요일

그해 그 무렵 아버지 생신날이 다가왔다. 음력 8월 4일이 당신의 생일이라 형제들은 부득불 일요일로 당겨서 따뜻한 밥 한 끼를 먹기로 했는데 나한테는 해결해야 할 문제가 하나 있었다. 7월 달부터 군청을 그만두고 적당한 직장이 생길 때까지 호서고등학교 숙직을 대직해 주던 경비시스템회사에 나가던 터라 일요일에도 학교를 떠날 수가 없고 해서 추석 연휴에 우선 하루 '대직'을 신청했는데, 9월 8일 일요일에 그렇게 하라는 전화가 내게 왔다.

그날 내 대신 낮 시간 동안 대직을 해 준 노인에게 "수고해 주셔서 고맙다"면서 어디에 사시느냐고 인사치레로 물었더니, 그이는 군부대 도살장 부근에 사노라고 하는 게 아닌가. 거기라면, 내 귀가 번쩍 뜨였다.

바로 거기가 소주뺄이란 동네가 아니던가!

"그러시면 오춘자 씨라고 아세요? 소설을 썼던⋯."

"아, 알다마다. 지금도 거기 살고 있는데."

우연은 이렇게 너무나도 엉뚱한 곳에서 찾아오는구나. 그분과 그녀에 대한 이야기를 나누다가 조만간에 거기를 찾아가 보기도 마음을 먹었다. (그 이후에 안 사실이지만 그 노인은 내가 군청에 재직할 때 군수 비서실장을 하던 아무개 씨의 아버지 김석경 노인네였다.)

'소주뻘'을 다녀와서-2002. 9. 12

둘째 아이(당시 6살)를 아파트 뒤 목화마트 앞에서 어린이집 버스에 보내고 내려가던 길에 신협에 들러 마산 영록서점으로 4,500원을 무통장 입금했다.

내 발걸음을 서둘러 시내 외곽에 소주뻘로 향했다. 지난 아버지의 생신날이던 일요일에 학교 대직을 낮 시간 동안 해 준 김석경 노인도 그 너머에 사신다고 했었다.

바로 오늘은 묘하게도 심훈이 태어난 날이기도 하다. 집안에서 양력이나 음력 중에 어느 걸 선택해 지내 오는지 모르지만 오늘치 한국일보 592회엔 소설가이면서 그 신문 편집위원인 고종석 씨가 '심훈'을 썼다.

당진정보고등학교, 당진중학교로 가는 샛길을 따라 군부대가 있고, 요즘엔 지석아파트가 치솟은 그 동네엔 우리가 중·고등학교를 다닐 때만 해도 돼지 울음소리와 소 울음소리가 퍼져 나던 도살장 건물이 육중하게 버티고 있었다. 동네 입구에 들어서니 비가 떨어졌다. 이왕 내친김에 아파트 앞길을 지나쳐 숲 오솔길을 얼마쯤 올라갔을 때 오른쪽에 자리한 슬래브 단층 건물이 보였다.

텅 빈 단층 집. 좁은 앞마당에 수돗가가 있고 개 2마리가 짖을 뿐 아무도 없는 듯했지만 창문은 열려 있었다.

주위 나무숲에 둘러싸여 있는 집. 가만히 현관에 다가가니

댓돌 위에 파란 슬리퍼가 있고, 배달 우체부에게 배려한 듯한 4각 종이에 메모를 해 붙인 알림엔 이 집에서 사는 이들의 이름이 네댓 명이 적혀 있다.

역천로 881−62(채운동 358)
오춘자, 고화정, 오화자, 오경섭, 오광섭, 오영숙.

집배원님,
백영자 가족(정성웅, 백정미)은 극락사 위쪽 동네입니다.
같은 주소(채운동 358)가 두 군데 있으니 수취인 이름을 확인해 주세요.

현관 옆 벽에 붙은 우체통은 녹이 슬고 있었다.

"계세요, 계세요~."

잠시 후 열린 창문 앞에 여자가 나타났다. 늙어 보였다.

작가 오 선생과는 형제라고 말하는 그녀에게 당진에 살며 글을 쓰는 후배로 선생을 뵙고 싶어 왔다고 말하자 "지금은 서울에 출타 중이다."라고 했다.

"이미 30여 년 전에 절필해 아무런 소용이 없는 일이다."라는 설명과 "언젠가 (『돌아오지 않는 강』에 대해) 영화를 만들자며 사람들이 찾아오기도 했다."고 전했다.

절필 전후해 작가에게 무슨 일이 있었는지, 그 이후에 문학을 다 던져 버렸고 개인의 프라이버시를 말할 수 없다면서 "그녀는 자신의 이름이나 작품에 대한 논의조차도 사람들이 하는 걸 몹시 싫어했다."고도 말했다.

왜 그랬을까? 각자의 삶은 이다지도 고루하지 않게 존재하며 사람에게 부닥쳐 큰 짐으로 버겁게 만들어 놓고 만다. 도대체 그 이유가 무언가.

내가 우두커니 서서 듣다가, 현대문학사에서 16년 동안 계셨던 김국태 선생께서 문단 이면사를 쓰기 시작해서 제가 오 선생 이야기를 해 주십사고 부탁했다는 말을 했을 때 그녀가 "누구요?" 하고 되물었을 때 나는 "김국태 선생이요."라고 했더니 아무 말이 없다.

저이는 동생일 듯싶은데 행색이 남루한 옷차림새다.

내가 오랫동안 헤아려 찾아온 오춘자라는 소설가는 그녀의 등단 무렵부터 하나씩 더듬어 온 나의 투자한 시간은 이렇게 그녀의 집 앞에서도 나 자신도 힘없이 남루한 사내와 다를 바가 없구나.

비운의 소설가. 그래, 내가 사 모은 『현대문학』 헌 잡지 속에나 그녀는 오지영이나 오춘자로 숨어서 숨죽이고 있고, 절필 후 고향 소주뻘에서 노년의 노후를 처녀의 몸으로 형제들과 사는 작가다.

첫 방문의 소득은 그녀가 살고 있는 집을 알아냈다는 그 사실 하나뿐이었다.

잠시 흩뿌리던 빗방울도 그쳤다. 심훈이 태어난 오늘. 나는 벼르고 별렀던 이 소주뼬 오춘자 선생 집에서 걸어 나왔다.

오늘도 헌책방 고구마에서 『현대문학』 10권이 또 택배로 올 것이다. 그녀의 등 푸른 영혼이 들어 있을 소설이 몇 개쯤이나 있을는지 모르겠다.

두 번째 방문했을 때는 오춘자 선생을 만났다. 절필했으니 할 말도 없다며 사진도 못 찍게 했다.

연로한 그녀를 바라보다가 그냥 되돌아서야만 했다.

문학이란 그렇다. 돈, 혹은 자본의 척도가 인간을 (품성까지도) 평가하는 때이지만 문학의 힘은 그렇게 만만하게 휘어잡는 장식품 존재가 아니라는 사실이다. 넘어가지도 않는다. 돈 없이도 삶을 가장 단순하고 간결하게 꾸리는 노력 또한 자신과 지식 사이에서 치열하게 싸우며 다듬고 얻어지는 작업… 그 삶이 문학으로 형상화될 때를 일러 '삶의 일경'일 것이고 문학은 말하지 않나~.

한때 작업하는 것, 지나가는 바람처럼, 소나기처럼 왔다가 사라지는 행위는 그 자체 모습으로 자신의 생애에 살을 붙이지 못한다. 이러한 글쓰기에서 작가 오춘자는 어느 날

멈춰 버린 것. 사전에 예고도 없이, 이제 그 시간이 37년 동안이나 계속되고 있다.

그렇지만 그녀가 해 온 창작 행위 또한 낱낱이 드러나지 못하고 있는 현실도 마음을 아프게 만든다. 오랜 절필 기간에 그 흔적들은 시대 변화에 따라 지워지며 세월은 강물처럼 흘러만 갔다.

이러한 상황에서 그녀의 작품 연보가 그나마 완성을 하려면 지금처럼 어정쩡한 걸음으로는 도저히 만들 수가 없는 노릇임을… 다 알 것이다.

소설가 오춘자의 작품 세계를 규명하기 위해서라면 과거 발표 지면을 찾는 것이 제일 우선이고, 작품 연보가 완성이 돼야 할 일이다.

그리고 그녀가 창작한 작품 세계가 뒤따라 규명돼야 할 일이다.

거기에 본인의 생생한 육성이 첨가되었을 때는 더 바랄 일도 없는 것이 되겠다.

그러나 시간이란 세월이 흘러갈 만큼 흐른 현재 입장에서 그녀의 이름을 곱씹어 볼수록 눈물겨운 안타까움이 이루 말할 수가 없는 것이 그녀 작품을 찾아온 후배의 마음이다.

그녀의 이름을 불러 볼수록 겨울 저물녘에 눈 쌓인 들판에 드리운 헐벗은 나무 그림자 모양 허허롭고 거기 불어오는 찬

바람 소리만 들리는 듯하다.

더군다나 그녀가 오롯하게 생존해 있는 현실은 '유난한 절필'과 그 상처는 내 눈 앞에 엄연하게 살아 존재해 온 '험난한 추적'이기도 했다.

확인된 작품 연보

1. 단편 「황야(荒野)에서」, 동아일보 신춘문예 당선작, 1963 년 1월 3일~18일 연재

2. 단편 「불면증」, 숙대학보 통권 3호, 1963년 8월 25일

3. 단편 「분지점」, 현대문학 1963년 10월호(2회 추천작, 김동리 추천)

4. 단편 「하숙집」, 현대문학 1964년 4월호

5. 단편 「분심이」, 문학춘추 1964년 8월호 – 오지영으로 발표

6. 단편 「소녀 삽화」, 문학춘추 1964년 11월호

7. 단편 「캐비의 죽음」, 현대문학 1965년 1월호(추천작가 특집)

8. 단편 「음지」, 문학춘추 1965년 4월호 – 오지영으로 발표

9. 단편 「설악산 기행」, 신동아 1965년 12월호

10. 단편 「어떤 귀로」, 현대문학 1966년 7월호

11. 단편 「탁류에서」, 문학 1966년 9월호 – 오지영으로 발표

12. 단편 「산골짝의 등불」, 현대문학 1967년 8월호

13. 단편 「미로」, 현대문학 1968년 3월호

14. 단편「철새」, 현대문학 1970년 2월호-오춘자로 발표

15. 단편「소쩍도 이야기」, 사상계

16. 단편「무지개」

17. 단편「무적」

18. 단편「골짜기」

19. 단편「파도」

20. 단편「사기」

21. 장편「돌아오지 않는 강」, 현대문학 1969년 1월호~10월
    호까지 연재

– '한국 현대소설사전(19회)' 오춘자 편 수록, 현대문학 1972년
  11월호(통권 215호)

❶ 작가 오춘자 씨(현대문학 1968년 12월호)
❷ 동아일보 신춘문예 당선 소감(1963년 1월 3일자)
❸「돌아오지 않는 강」 1회분 첫 부분(현대문학 1969년 1월호)

❶ 소주뻘 작가 오춘자의 집(2016년 2월 18일)

❷ 작가 오 씨네 우체통(〃)

❸ 작가 오 씨의 집에서 아래쪽으로 찍은 풍경(2019년 5월 7일)

❹ 작가 오 씨의 집(〃)

❺ 작가 오 씨의 주택 앞 수돗가 풍경(〃)

비정한 시대의 언어,
그 덧나는 작업

물경 23년 전 첫 소설집을 낸 뒤 그 무렵에 쓴 구작 첫 장편 『탐험가들』을 코로나19 사태 속에 긴 장마와 태풍이 겹친 탓에 균형을 잃지 않고 버티며 개작 작업을 서둘러 했다.

이 구작을 개작을 한 이유에 대해선 '작가 후기1'에 붙은 선배작가 오춘자 씨와 연관되어 있어 후배인 내 입장에선 선뜻 당진문화재단의 결정을 받아들일 수가 없었기 때문에 설명하고 의논한 뒤에 늦게서야 시작했다. 선배가 있어 후배가 있다는 주장이었으나 한 발 물러서야 했다.

1,000장 정도의 장편소설을 작업하는 동안 200장 이상의 원고량을 쳐내었다. 현재와 거리도 있고, 구성상 시간이 부족해 더 형상화시켜 보충해야 할 부분이 아쉽게도 뒤로 미루어질 수밖에 없는 노릇이었다.

『나무 위의 동네』를 낼 1997년 무렵엔 지금처럼 물류 개념이 대중화돼 국내 지역 곳곳에 실핏줄로 연결돼 산업의 중심 역할을 하지만 그 당시는 미미해 소설에서 형상화하지 못했다. 그렇지만 현재 석문국가산단까지 인입철도가 들어가는－신례원역에서 연결된 열차 운행은 아니라도－ 이 계획에 노선 설계가 진행 중인 상황이 되었다. 그때 당진 사람들의 희망인 철도를 당진에 끌어들여 서산으로 가는 행로를 설정한 게 이렇게 현실화되니 작가로서 아이러니를 느끼게 한다.

어쨌든 소설은 허구로 만들어진 세상 이야기지만 나는 당진 사람으로 꿈이던 장항선 완행열차를 그렇게 신례원에서부터 합덕－신평－기지시－당진－운산－서산을 거쳐 홍성으로 가는 노선을 장치해 서북부 땅에 40대 전후의 젊은 청년 5명을 등장시켜 젊은 풋사랑, 그들의 야망, 눈떠 가는 세상 물정 등을 비벼 만들어 '서해안 정서'를 꾸몄다는 데에 의미를 두고 싶다. 건달들이라지만 순수한 정서를 강조해 정체성 있는 고향 당진을 그리는 데 당시는 고민했다.

여기에서 빠진 또 다른 문제－그 욕망이나 탐욕 등은 다시 개작이 될 때 첨가를 꼭 하겠다. 가령 부동산 경기가 극성일 때 나돌던 그 브로커와 작업자들 야화나 지방정치가 권모술수에 의해 '어떻게 달라지고 궤도를 이탈하지 않고 재선, 3선을 위해 암암리를 기약하며 공약이거나 정책사업들이 지고 뜨는지도 모색을 할 것'이다. 곁들여서 활자밥으로 기자 일을 체험했던 지방신문의 행태도 놓치지 않고 조망할 터이다.

그 외에 소설 속에 나타나는 표현들이 가상이지만 작가가 당진 토박이임을 감안해 읽어 준다면 주인공들은 그 또한 애향의 표현이겠고 이 시대의 비정한 메시지를 사랑으로 바꿔 읽어도 무방하다고 생각해 본다.

늦게 시작한 문학의 노정을 지나며 더러 만난 선배 시인·작가 중엔 고무신 박종우 시인과 키 크던 김용진 시인이 떠오른다. 이들은 재수 시절 때 진학사의 『진학』, 『합격생』 같은 수험잡지 『장학생』(현재 나오는 월간지 『샘터』 판형과 페이지도 비슷했다)을 발행하고 있었는데 그때 어느 여름날 중구 인현동 어느 빌딩의 2층 편집실을 2번 찾아가 만난 추억인데, 문학청년의 객기가 발동한 시절이었다.

대학 시절, 85년경 안동 조탑동으로 권정생 선생을 찾아갔던 일인데 한번은 대학학보사 순철이와 동행했고, 한번은 동화 「상고실 할머니」를 최우수작으로 뽑아 줘서 강정규 크리스챤신문 주필(보령이 고향)의 권고에 인사차 찾아가 권 선생 집에서 하룻밤을 껴안고 잤다. 선생과 나눈 편지도 내 방 어느 틈에 몇 통이 숨었으나 정리가 안 돼 지금은 찾을 수가 없다.

또 춘천의 무명 소설가(당시는 그랬다) 이외수 씨가 살던 화천 위샘밭을 서울 성북역에서 기차를 타고 몇 차례 들락거렸는데 그때가 출판사 고려원에서 전작 장편소설로 『꿈꾸는 식물』(1978년)이 나와 공전의 히트를 치고, 월간『소설문학』에 전작 장편「칼」을 연재하기 전 무렵이었다. 그의 데뷔작이던「훈장」(세대 신인문학상 당선작)이 전국에 수많은 마니아를 거느렸고『꿈꾸는 식물』이 전작으로 발표되자 문학평론가 김현은『뿌리깊은나무』(1978년 12월호)에 이 볼록렌즈의 소설을 극구 상찬했던 기억이 새롭다. 이 양반의 추천사를 받아다가 온양 고전음악실 알테리베에서 나는 개인시화전을 가졌는데, 이후 그는 유명한 소설가로 부상했고 많은 기인의 루머도 생산했다.

순진한 문학청년 시절 잡지『학원』의 학생문단을 통해 투고한 내 시나 산문을 선(選)해 준 선배가 이근배 시인, 고은 시인, 이제하 소설가들인데, 당시 내 글이 한 편이라도 더 활자화되게 내 딴에는 필명 손풀꽃샘으로도 응모를 해 그게 그달의 최우수작으로 덜컥 뽑히는 호사도 잠깐 누렸다.

또 하나 문학청년 시절에 80년대 언저리에 당시 신평고등학교에 국어 교사였던 김만태 선생 - 그때 그분은 소설을 쓰고 계셨고, 필체 또한 명료하게 필체가 깨끗한 것이었는데 몇 번의 만남 뒤 서울로 가셨고, 최근에 서핑해 보니『거듭나는 땅』(1989년 9월)이란 소설집을 냈다는 걸 뒤늦게 알았다. 당시 읍내 나라백화점을 경영하던 이상욱 씨 건물에서 간혹 문학 활동의 행사가 있었던 때인데 김 선생을 그때 만났다.

1991년 세계일보 제1회 신춘문예에 단편소설 「애기 소나무」로 당선된 송악읍 반촌리 출신의 김찬기는 현재 한경대학교 미디어문예창작학과 교수로 후학을 가르치고 있다. 소설집으로 『달마시안을 한 번 보러와 봐』를 하늘연못(2002년)에서 내기도 했다.

최근에는 면천면 송학리의 오광석 씨가 작고했다는 소식도 접했는데, 소설 습작을 하며 등단의 꿈을 키우던 분이셨다. 1976년 7월 『문학사상』의 제5회 신인발굴작품 모집에서 최종심에 단편소설 「파행」, 「대밭 안집노인의 죽음」 2편이 올랐으나 애석하게도 당선작에 밀리고 말았다.

동화 쓰시던 소중애 선생과의 만남도 새롭다. 성당초등학교에 재직했는데, 남성적 외모에 스포츠형 머리, 목소리 또한 그래서 "아, 이런 분도 동화를 쓰는구나."라고 속으로 여겼는데, 소 선생은 내 결혼식 전날 전화를 걸어와 당신 창작집 속에 '결혼을 축하하고요, 여행지에서 시원한 맥주나 드세요'라며 축의금을 넣어 건네준 추억도 잊지 않고 품고 있다.

그렇게 자라던 털복숭아가 털을 벗고 접어든 문학의 길에 외길이 아닌 생업인 기자 생활과 궤도를 줄곧 함께해 왔다.

그때는 이렇게 될 줄은 꿈에도 몰랐다. 스물여섯 살 청춘은 1981년 대학 학보사 기자부터 시작해 납 글자 편집을 배우고 군청에서 홍보신문 편집, 지역신문 당진신문 기자, 지방신문 충청투데이 당진주재기자, 지역신문 당진투데이 기자로 생활을 해 왔는데, 국문과 은사이던 김기현 교수가 "기자와 작가 생활은 협업이 안 돼 한국 사회에선 어렵다. 신문 기사는 육하원칙에 따른 단문성이 중심이지만, 소설은 작가 세계를 만고강산으로 형상화해 묘사를 하고 문장 구축을 하는 긴 호흡의 창작이기 때문에 너 갈등이 될 거다."라는 충고를 경종 삼아 현재도 내 노력이 덧나지 않게 독서량을 늘려가는 데 쉼 없는 공부는 계속 분투하고 있다.

이 소설은 5명의 젊은이가 서해안 당진 땅에서 엄벙덤벙거리던 자취는 그저 열망이지만 그들의 미래에 독사풀 같은 끈질김과 갯벌의 무수한 나문재 감성을 음미하는 과정으로 읽혔으면 바라고, 이들 앞의 탐욕 같은 욕망이 도사린 자본의 위력 앞에서 어떻게 무너지는가 하는 '상상의 몫'은 온전히 독자한테 맡겨 둔다.

젊은 날부터 그림을 꿰고 무작정인 것처럼 여기까지 왔는데 미천한 작업에도 내 가족들의 사랑은 늘 격려가 되고 원동력이 되었다.

아직도 끝을 맺지 못하는 '애활가 심훈'의 숙제 풀기와 '취람(翠嵐)'은 1인 출판사에서 만들기를 꿈꾸고 있다.

2020년 11월